道標

東京湾臨海署安積班

今野 敏

角川春樹事務所

本書は二〇一七年十二月に小社より単行本として刊行されたものです。

目次

道標

東京湾臨海署安積班

初任教養

1

「気合いだ。気合い」

同じ班の、下平裕作が言った。「試合の勝ち負けは時の運だ。それよりも、どれくらい気合いが入っているかを、教官たちに印象付けるんだ」

下平は、実に生真面目なタイプだ。

それを、冷ややかに眺めているのは、やはり同じ班の速水直樹だ。

「時の運なんかじゃない」

速水は言った。「勝ち負けは、実力だよ」

下平が、少しばかりむっとした顔で速水を見る。だが、速水は平気な顔だ。

「勝つんだ」

安積剛志が言った。「何が何でも勝つ。負けることなんて考えるな」

速水が、あきれたようにかぶりを振る。

「向こうには、大学柔道部出身者がいる。実力差は埋めようがないだろう。そう熱くなるな」

安積は、ひるまない。

「柔道部が何だ。必死になれば、やってやれないことはない」

術科の柔道の授業で、班対抗の練習試合をやることになった。

私たちと当たる班には、速水が言ったとおり、大学柔道部出身者の前島がいた。

術科というのは、警察官が学ぶ柔道、剣道、合気道、逮捕術、そして射撃などの訓練のことだ。

練習試合は五人一組の団体戦だ。

下平が安積に言った。

「オーダーを決めてくれ」

安積は、迷わずに言った。

「俺たちの班で、一番実力があるのは速水だ。だから、速水が大将でいいだろう。俺が副将をつとめる」

「待て待て」

速水が言った。「勝ちたいんだろう?」

安積がこたえる。

「もちろんだ。絶対に負けるのは嫌だ」

「だったら、大将は俺じゃない」

安積が速水の顔を怪訝そうに見つめた。

老朽化しつつあると言われている中野の警視庁警察学校だが、私から見ると、威厳があり、多くの警察官を生みだしてきたのだと実感できる。

私は、この四月に警視庁巡査を拝命して、警察学校にやってきた。大卒相当のⅠ類採用だ。

同期入学者のうち、Ⅰ類採用が、男女合わせて約一千人だ。短大卒業相当のⅡ類採用が、約八十人、高校卒業相当のⅢ類採用が、約三百人いる。

入学者が全員講堂に集まると、それは壮観だった。その日から、六ヵ月に及ぶ初任教養が始まった。

ちなみに、Ⅱ類とⅢ類の初任教養は、十ヵ月間だ。

この間、私たちは全員、寮に寝泊まりする。授業は、教場ごとに行われる。教場というのは、普通の学校で言うクラスのことで、それぞれに教官と助教がいる。教官は警部補、助教は巡査部長だ。

さらに教場は、五人から六人の班に分けられる。この班ごとに、寮の学習室を使うことになるので、ほぼ四六時中顔を合わせる仲間ということになる。

警察学校では、この班ごとの行動が基本となる。教場での座学の他に、班別討議が行われる。

時事問題や教訓となる過去の事例などをテーマに、班ごとに討論するのだ。

同じ班にどんなメンバーがいるかで、警察学校の印象がずいぶん違うと言われている。

まあ、いい意味でも悪い意味でも、印象に残る班だと、私は思う。

安積が、速水に尋ねた。

「じゃあ、誰が大将なんだ？」

速水が、内川靖を指さした。

私は驚いた。誰が見ても、班の中で内川が一番弱い。内川は、小柄でひょろりとしており、お世辞にも体力があるとは言えなかった。

柔道は、警察学校に入って初めて経験したと言っていた。いや、柔道に限らず、おそらくスポーツの経験がなかったに違いない。

警察官を志望する者は、圧倒的に運動部の経験者が多い。体力がなければ、勤まらないからだ。

内川は、珍しいタイプだ。

速水は、その内川を大将に指名した。

生真面目な優等生タイプの下平が、速水に尋ねた。

「どうして、内川が大将なんだ？」

速水がこたえた。

「向こうは、当然、大学柔道経験者の前島を大将に持ってくるだろう。そこに強いやつをぶつけることはない。いいか、団体戦は、五人のうち三人勝てば勝利なんだ。俺が先鋒で行く。先に勝ち星を上げておけば、戦いは楽になる」

「姑息なことをして勝ってもしょうがない」

安積が言った。「正攻法で戦って勝つから意味があるんだ」

速水は顔をしかめた。

「勝ちたいと言ったのはおまえだ。俺は勝つための作戦を考えたんだ」

「勝ち方が問題なんだ」

「おまえの、その熱血漢ぶりにはあきれちまうよ。正面からぶつかっても勝てないことがある。それでも勝ちたいのなら、頭を使うことだ」

この一言に、安積も折れた。結局、速水が組んだオーダーが採用されることになった。

柔道の指導教官が、私たちの班と相手の班を呼び出した。

「先鋒、前へ」

速水が試合場に歩み出た。次の瞬間、私たちは、全員、心の中で「あっ」と叫んでいた。

敵の先鋒は、大学柔道部出身の前島だった。

前島は、かすかにほほえんでいるように見える。

私は隣にいた安積に囁いた。

「裏をかかれたかな……」

「いや」

安積は、横一列に並んで座っている敵の布陣を見て言った。「相手は、強い順番に並べてきたんだ。団体戦では、そういう組み方もある」

速水は、健闘したが、やはり実力差はいかんともしがたい。相手は内股で見事に速水を投げた。一本勝ちだった。

次鋒は、優等生タイプの下平だ。相手は、安積が言ったとおり、二番目の実力者が出て来た。

これは、あっけなく相手の勝ちだった。すでに星を二つ取られた。あと一つで相手の勝ちとなる。

もともと、先鋒の速水、中堅の私、副将の安積で三つの勝ち星を狙うという作戦だった。

私は、必死で戦った。お互いに技ありを一つずつ取り、時間ぎりぎりで有効を取った。

なんとか、優勢勝ちをおさめることができた。

副将戦は、安積だ。

安積らしい、熱い戦いだった。彼は、その言葉のとおり、持てる力を最大限に発揮して戦った。

相手が投げを打ってきても、必死で食らいついて、それを許さなかった。

そして、体落としで有効を取り、そのまま押さえ込みに入った。相手はもがいたが、安積は決して逃がさなかった。時間が経過し、合わせ技一本で安積が勝利した。

団体戦の成績は、これで二対二だ。計らずも大将戦に持ち込まれた形だった。

内川は、青くなっていた。緊張のためだろう。すでに、相手に呑まれている様子だ。

安積は、汗まみれで息を切らしながら戻って来て、内川に言った。

「必死に食らいつけ。負けると思うな」

内川はうなずいた。

速水が言った。

「内川、そう入れ込むなよ。たかが、術科の授業だぞ」

安積が速水を睨んで言った。

「相手が、凶悪犯ならどうする。常にそういう気持ちで立ち向かうことが大切なんだ」

「ふん、熱血漢だねえ……」

指導教官の声がした。

「大将、前へ」

向こうも一番格下だ。

だが、体格も体力も段違いだった。内川はあっという間に技ありを二つ取られて負けてしまった。

内川は、打ちひしがれた表情で戻って来た。彼は、小さな声で言った。

「すまない……」

安積は何も言わなかった。悔しそうだった。彼は、本気で勝つつもりだったのだろう。

速水が言った。

「気にするな。言っただろう。たかが術科の練習試合だ」

安積と速水は、いつも張り合っていた。

術科でも、二人はライバルだった。

大学の部活経験者は別格として、速水と安積も、それなりの成績を残していた。

柔道では明らかに安積よりも速水が上だった。

一方、剣道では、安積のほうが一枚上手だ。

初任教養では、排気量の少ないバイクを使った講習もあり、速水はダントツの成績だった。バイクの扱いについては、安積は速水に遠く及ばなかった。

だが、意外なところで、安積は実力を発揮した。

拳銃(けんじゅう)訓練だった。

たいていの者が実弾を撃つのは初めてのはずだ。安積もそうだと言っていた。

だが、安積は驚くべき命中率を見せつけた。指導教官も目を丸くするほどだった。

聞くと、安積はモデルガンが好きで、ＢＢ弾の射撃に慣れているのだということだ。だが、モデルガンと実銃は、明らかに違う。

やはり、天賦(てんぷ)の才があるとしか思えない。

いつもクールな速水も、拳銃訓練の際の安積の命中率を見て、明らかに悔しそうな顔をしていた。

五月の体育祭でも、彼らは張り合った。

体力や身体能力は、速水のほうが上だが、なにしろ、安積はがむしゃらだ。その熱意が体力や身体能力の不足を見事に補っていた。

班別討議でも、彼らはぶつかり合った。

優等生の下平が無難な結論に収めようとするが、常に安積が納得しなかった。彼は、もっと突っこんだ議論を求めるのだ。

あるとき、速水が、それを揶揄(やゆ)するように言った。

「どんなに議論したところで、結論が変わるわけじゃない」

安積は速水に食ってかかった。

「結論は、変わる。さらに、議論を深めることで、物事に対する考え方が深まるはずだ。言われたことをただやるだけではだめだ」

どこか醒(さ)めている速水に対して、安積はいつも熱かった。

私も、時々思うことがあった。何をそんなに入れ込んでいるのか、と……。

だが、月日が経(た)つうちに、この二人が我々の班にとって、ありがたい存在だということがわかってきた。

二人が張り合うことで、自然に私たちも引っぱられる。警察学校では、何かと競争が多い。それは、教場ごとの競争であったり、班ごとの競争であったりする。

安積と速水に引っぱられたわが班は、教場の中で、常にトップクラスであり、勢い、我々の教場の成績も上位だった。

もっとも、二人は仲がいいというわけではなかった。

性格は正反対だし、安積の真っ直ぐな意見を、速水はいつも茶化していた。

安積は、誰とも分け隔てなく付き合っていた。……というより、他人のことをあれこれ考えている余裕などないという感じだった。

彼は、自分のことで精一杯だったのかもしれない。それだけ、一所懸命だということなのだろう。

一方、速水は何事につけ、シニカルなくせに、安積のことだけは無視できない様子だった。

どちらかというと、速水のほうが安積を気にしているようだ。

警察学校の訓練は厳しく、覚えることが山ほどある。日々は瞬く間に過ぎて行った。

そして、入学から三ヵ月ほど経った頃、私は、内川の様子が気になりはじめていた。

もともとおとなしいやつだったが、ますます無口になり、しきりに考え込むことが多くなってきた。食も細くなってきたように思える。

大学を卒業したばかりという若さだし、毎日訓練でしごかれる。教官に「体に悪いからゆっくり食え」と言われるが、どうしても飯をかき込み、瞬く間に平らげてしまう。

誰もがそんなふうになるのに、食が細くなっていくのは異常だった。

私は、内川がいないところで、安積にそっと言った。

「なあ、内川の様子、おかしいと思わないか?」

「おかしい……? どういうふうに?」

「妙におとなしい」

「もともとおとなしいやつじゃないか」

「ふさぎ込んでいることが多いように思えるんだ」

「本人が何か言っていたのか？」

「いや、そうじゃないが……」

「相談されたわけじゃないんだろう？」

「されてない」

「だったら、気にすることはないんじゃないか？　誰だって、考え事くらいするだろう」

「悩みがあるんじゃないかと思う」

すると、安積は驚いた顔になった。

「悩みくらい、誰にだってあるだろう」

このとき、私は気づいた。

安積は強い男なのだ、と。

そして、そのことを自覚していない。誰もが、彼と同じくらい強くいられるのだと考えているに違いない。

それを批判するつもりはなかった。これから私たちは、警察官としての人生を歩んでいく。そのために、強さは必要不可欠なのだ。

そして、同じ強さを仲間に求めることも必要だ。もしかしたら、仲間に自分の命を預けるようなことがあるかもしれないからだ。

頼りない同僚では困るのだ。

そういう意味では、安積は実に警察官向きの男かもしれないと、私は思った。

思えば、安積は入校したときから、はっきりと自分の目標を持っていた。警察官を志した動機を教官に尋ねられたとき、安積は迷いもなくこう言ったのだ。

「自分は、強行犯係の刑事を志しております」

まあ、何となく刑事になりたいと思っている者は少なくないだろう。だが、ここまできっぱりと言ってのける者は他にいなかった。

小学生ではないのだ。

実際に巡査を拝命してみると、刑事になるのはたいへんだと思ってしまう。

私などは、公務員になったのだから、できれば楽な部署に行きたいと思う。警察学校を卒業すると、まず所轄の地域課に配属されることになるだろう。

そこで、ハコバン、つまり交番のお巡り(まわ)さんを経験するわけだ。

下平などは、できれば早いうちに総務、警務といった管理部門に行きたいと言っていた。

それが出世コースなのだ。

私も下平ほどではないが、できれば事務仕事がいいと、漠然と考えているほうだった。

安積は、私たちとはまったく違った。おそらく、子供の頃からの夢なのだろう。普通の人は、成長するに従い、そういう夢を諦(あきら)めたり忘れたりしてしまう。

だが、安積は子供の頃の夢をそのまま実現しようとしているに違いない。

そして、わが班にはもう一人、安積と同じく明確に志望を語る者がいた。

速水だ。彼は、教官の同じ質問にこうこたえた。

「自分は、交機隊で白バイに乗ります」

教官は、にやりとしつつさらに質問した。

「いつまでも白バイに乗っているわけにはいかんぞ。警察官の人生は長い。白バイを降りることになったら、どうする？」

「交機隊の小隊長として、パトカーに乗ります」

「なるほど。だが、いずれにしろ同じことだ。現場を離れなくてはならなくなるぞ。そのときは、どうする？」

「交通部で交機隊や高速隊を指揮する立場になります」

教官は、ついに笑い出した。

「交通部のことしか考えていないのか？」

「はい」

「なぜだ？」

「白バイとパトカーが好きだからです」

今思うと、この二人が張り合うのは必然だったかもしれない。

彼らは、いい意味でも悪い意味でも、子供のようなのだ。

安積は言った。

「内川だって、妙に気を使われたら迷惑だろう。放(ほう)っておいてやればいい」

相談する相手を間違えたかもしれないと、私は思った。

2

ある日のこと、班別討議のときに、下平が内川に言った。

「何も発言しないな。討議に参加していないのと同じことだぞ」

内川は、しばらくうつむいていたが、やがて決心したように顔を上げて言った。

「俺、学校を辞めようと思う」

安積は、心底驚いたという顔になった。

下平も驚いている様子だ。

だが、私は驚かなかった。内川がこう言い出すのは、充分に予想できたことだ。

下平が言った。

「学校を辞めるというのは、警察官を辞めるということだぞ」

内川は、再びうつむいた。

「わかってるさ」

「学校の生活も三ヵ月が過ぎた。半分終わったんだぞ」

「まだ、半分残っている。とても耐えられない」

「何を言ってるんだ。せっかく三ヵ月、頑張ってきたんじゃないか」

「もう、限界なんだよ。俺は、警察官には向いていない。体力もなければ、気力もない」

私も、なんとか内川を元気づけようとした。

「残りの三ヵ月なんて、あっという間だ。たった三ヵ月頑張ればいいんだ」

内川は何も言わず、うつむいている。

口には出さなかったが、私は密かにこう思っていた。

うちの班から脱落者が出るなんて、印象が悪くなるな、と……。

下平が言った。

「せっかく警察官になれたんだ。今辞めるなんて、ばかばかしいじゃないか」

内川がうつむいたまま言う。

「学校だけのことじゃないんだ。俺は、警察官をやっていく自信がなくなったんだ。初任教養で学ぶことは、警察官としての基礎の基礎だ。それにすらついていけないのなら、実際の現場でちゃんと働けるはずがない」

私は、何と言っていいかわからなくなった。

そのとき、速水が言った。

「ふん、辞めたいと言っているんだから、辞めさせてやればいいだろう」

私は、この言葉に驚いて速水の顔を見た。

なんということを言うやつだ。そんな思いだった。しかし、その表情を見たとき、私は速水を責めることができなくなった。

速水は、ひどく悔しそうな、そして悲しそうな顔をしていた。彼は、続けて言った。

「自分が警察官に向いていないと気づいたのなら、手遅れにならないうちに、他の道を見つけることだ。警察官だけが人生じゃない」

冷淡なように聞こえるが、これが速水の優しさなのだと、私は思った。

だが、安積はそう思わなかったようだ。彼は速水に食ってかかった。

「向いていようといまいと、一度は警察官を志したんだ。それを全うしなければならない。俺たちはもう学生じゃない。給料をもらって学校に通っている。その責任があるはずだ」

速水が言った。

「職業選択の自由は、憲法で保障されているんだよ。本人が嫌だと言っているものを、無理やり続けさせることはない」

「誰だって、物事に嫌気がさすことがある。そのたびに放り出していたら、何をやっても勤まらない。内川だって、それなりの考えがあって警察官を志したはずだ。そのときの気持ちを思い出せばいいんだ」

「誰もがおまえみたいに単純じゃないんだよ。そして、誰もがおまえほど警察官になりたいと思っているわけじゃない」

安積が意外そうな顔をして速水を見た。

「妙なことを言うな。警察官になりたかったから、みんなここにいるんだろう」

速水があきれたように言った。

「だから、おまえは単純だと言うんだ。おまえは自分が異常だということに気づいていないんだ」

「俺のどこが異常なんだ？　俺はいたってまともだぞ」

「異常な熱血漢なんだよ。そう、おまえは警察官になるべくして生まれてきたようなやつだ。だが、他のやつもみんなそうだと思ったら大間違いだぞ」

「おまえだってそうだろう」

「ああ、俺は白バイに乗ることしか考えていない」

「おまえだって単純じゃないか」

「そう。だから俺は警察官になるのを迷ったりしない。だが、内川も俺たちと同じとは限らないんだ」

内川も含めて、私たち三人は、二人のやりとりをぽかんと眺めていた。

内川を励ましていたはずだが、いつの間にか速水と安積の言い合いになっていた。

安積が言った。

「辞めるのはいつでもできる。何も今辞めなくてもいいんだ」

「何かをやり遂げるには、それなりの強さが必要だ。だが、内川にはその強さがもともと備わっていなかった。そんなやつに、訓練を続けろというのは酷だ」

「みんな最初から強かったわけじゃない。強いやつというのは、過去にいくつもの苦難を乗り越えてきたやつだ。いつ乗り越えたかは問題じゃない。早いか遅いかも問題じゃない。内川は、今そのチャンスを迎えているのかもしれないじゃないか。今の苦しみを乗り越えれば、強くなれるんだ」

どちらの言い分にも一理ある、と私は思っていた。

速水が内川に尋ねた。

「安積はこう言っているが、本人はどう思っているんだ？」

内川は、おろおろとしていたが、やがて言った。

「みんなの足を引っぱりたくないんだよ」

速水が言う。

「足を引っぱるだって？」

「術科の授業のときもそうだった。班対抗で、練習試合をやったときのことだ。最後に出たのが俺じゃなければ、うちの班は勝っていたかもしれないんだ」

速水が言った。

「そんなこともあったっけな……。俺はよく覚えていない。誰も術科の授業での勝ち負けなんて気にしていないよ」

「俺は気にしたんだ。あれからずっと気にしていた」

「つまらんことを……」

「おまえにはつまらないことかもしれない。けど、俺には重要なことなんだ。同じことが、これからも何度も起きるかもしれない。この先ずっと、同僚の足を引っぱっていくことになるのかもしれないと思うと、それが恐ろしいんだ」

安積が言った。

「おまえは、俺たちの足を引っぱったりしていない。第一、俺は誰かが他人の足を引っぱるとか、考えたことがない」

本当に考えたことはないのだろうな、と私は思った。安積は、前しか見ていない。他人のことなど気にしている余裕はないのだ。

内川は安積に言った。

「いや、俺はみんなに迷惑をかけている。学校では、いろいろなことが比較される。その最小単位がこの班なんだ。俺がいると、みんなまで低く見られることになる」

「それは考え過ぎだ」

安積が言った。「班の成績も重要かもしれないが、一番重要なのは、個人個人の能力を伸ばすことだ」

個人主義の安積らしい一言だ。

速水は、もはや安積に反論しようとはしなかった。一人で何事か考えている様子だ。

内川が言う。

「おまえにはわからない。いつもみんなを引っぱって行く役割のおまえには、な……」

安積は、驚いたような顔で言った。

「俺はみんなを引っぱっているつもりはない」

「おまえは、速水も言ったとおり、警察官に向いている。だが、俺は向いていない」

「どうしてそう決めつけるんだ？　たった三ヵ月で何がわかるというんだ」

安積がそう言うと、それまでずっと無言で考え込んでいた速水が、内川に尋ねた。

「俺たちの足を引っぱるのが嫌だから、警察官を辞めるというんだな？」

内川はうなずいた。

「そうだよ」

「それは言い訳だろう。訓練のつらさに耐えられなくて逃げ出すんじゃないのか」

内川はむきになって言った。

「そんなことはない」

「本当か？」

「俺にだって意地はある。だから、訓練から逃げ出すわけじゃない。自分は警察官には向いていないとわかっただけのことだ」

「安積は人のことなどお構いなしに突っ走るタイプだが、さっき言ったことは間違っていないかもしれない」

「さっき、安積が言ったこと……？」

「今が、苦難を乗り越えるチャンスなのかもしれないってことだ」

「俺はもう決めたんだ」

「訓練がつらくて、嫌気がさして、学校を辞めるというのなら、俺は止めない。だが、本当におまえが言うとおり、俺たちに気兼ねしてのことなら、もう一度自分を試してからにしたほうがいい」

「自分を試す？」

「秋の術科大会の前に、もう一度前島たちの班に、柔道の練習試合を申し込むんだ」

私は、この発言に啞然とした。

そんなことをして何になるのだろう。たしかに、私たちは三ヵ月間、みっちり術科の訓練を続けてきた。

大学柔道部出身の前島との実力差も、それなりに埋まっているかもしれない。だが、それだけのことだ。

大学で鍛え、試合経験も豊富な前島と私たちの間には大きな壁がある。その壁を乗り越えることはできっこないのだ。

下平が速水に言った。

「そんなことをして何になるというんだ。また負けてしまったら、よけいに内川を傷つけるだけだ」

「負けなければいい」

そう言ったのは、安積だった。「勝てば自信になる。そして、その自信が、将来の支えになるんだ」

速水が言った。

「とにかく、内川次第だな。本人がやると言えば、それで決まりだ」

下平が言った。

「班対抗ということは、俺たちも試合をしなければならないということか？」

「当然だ。あのときと同じメンバーでやらなきゃ意味がない」

「どうせ、やっても結果は同じだと思うけどな」

すると、安積が言った。

「やってみなければわからない。試合までに猛練習をすればいい」

私はそれを聞き、正直言って、ちょっとうんざりした。授業や訓練でやることは多い、日を追うごとに課題も増えていく。

その上、さらに柔道の特訓が加わるということになる。

だが、反論はできなかった。内川を何とかしたいと考えているのは、私も同じだ。そして、それについて明確な方策を打ち出したのは速水だけなのだ。

速水が、内川に尋ねた。

「さあ、どうする。おまえ次第だ」

内川はしばらく考えていた。

その頃には、私はどちらでもいいような気分になっていた。自分の班から脱落者が出るのは嫌だ。それを防ぐ手だてがあるのなら、協力すべきだ。

一方、内川が速水の提案を蹴って、警察学校を辞めるというのなら、それも仕方がないことだと思いはじめていた。

速水が言うとおり、警察官だけが人生ではない。もっと自分に合った職業があるかもしれない。

警察官志望一筋の安積には、それが想像できないのだろう。

四人が内川の返事を待っている。やがて、内川が言った。

「わかった」

速水がうなずいた。

「よし、では、指導教官に頼んで、試合をやらせてもらおう」

「ただし……」

内川が言った。「もし、俺たちの班が負けたら、俺は警察学校を辞める」

つまり、五人のうち三人勝たなければ、彼は警察学校を、そして警察官を辞めるということだ。

なんだか、下駄を預けられたような気がしないでもない。だが、決まったからにはやるしかない。

私たち五人は、さっそく術科の柔道指導教官のもとに行った。教官室で横一列に並んで気をつけをする。速水が指導教官に申し出る。

「お願いがあります」

「何だ？」

「前島の班と、もう一度練習試合をさせていただくことを希望いたします」

指導教官は、「休め」と言ってから尋ねた。

「それはまたなぜだ？」

「自らを切磋琢磨するためであります」

「ほう。それは殊勝な心がけだが。どうして相手が前島の班なんだ？」

「彼らの班が一番の実力者だと思うからです。最高の相手に挑戦しなければ意味がありません」

指導教官は、にやりと笑った。

「リベンジというわけか。かつて、練習試合をやったときには、おまえたちはなかなか健闘したからな」

速水は、何も言わないで真っ直ぐ前を向いている。

このあたりの呼吸を心得ているのも、速水らしい。余計な言い訳はしないし、リベンジと言われて否定もしない。

すべての判断を指導教官に任せるというわけだ。

やがて、指導教官が言った。

「いいだろう。前島たちにも伝えておく。練習試合は、九月最初の柔道の授業で行う。それでいいな」

「はい。ありがとうございます」

3

　その日から秘密練習が始まった。秘密とはいえ、柔道場に行くと、必ず誰かが練習している。私たちは、隅っこのほうで、稽古(けいこ)をした。

　速水が内川に言った。

「いいか、一ヵ月でいきなり強くなろうとしても無駄だ。一つの技だけに集中して稽古するんだ。たった一つだ。それ以外のことは必要ない」

「たった一つ……？　それで勝てるのか？」

「どんな名選手も、得意技は一つか二つだ。さあ、余計なことを考えている暇はないぞ。すぐに始めよう」

　速水は、内川に指導を始めた。彼が教えたのは、体落としだった。

　私は、にわか仕込みの技が相手に通用するだろうかと、疑問に思った。

　体落としは、相手に背を向け、一方の脚を伸ばし、相手をその脚でつまずかせるようにして投げる技だ。

　巻き込むようにして投げるのがコツで、小柄な者に適していると言われている。たしかに、内川にはもってこいの技だ。しかし、相手の班だって、この三ヵ月で上達しているはずなのだ。

速水も熱心に内川を指導した。だが、それ以上に熱心だったのは安積だった。

彼は、何本でも内川の相手をした。こういうとき、安積は情熱の塊だった。

秘密練習にそれほど長い時間を費やすことはできない。他にもやることは山ほどある。その短時間に、安積は眼(め)を見張る集中力を発揮した。

内川は、速水に言われたとおり、体落とししか稽古しなかった。乱取りでも、体落としだけで相手を投げようとした。

最初のうちは、速水や安積に、内川の技はまったく通用しなかった。だが、秘密練習を続けるうちに、やがて十本のうち一本、そして、そのうちに五本に一本、内川の体落としが決まるようになってきた。

さらに速水の指導が続く。

「力じゃない。回転の速度だ。体落としは巻き込む速さが勝負なんだ」

内川は、次第に技の感触をものにしていった。

あるとき、彼は言った。

「相手を引っぱっても無駄だということがわかってきた。相手に密着して、すとんと相手を腿(もも)のあたりに載っけてやる感じがわかってきた」

内川だけが強くなっても仕方がない。試合は団体戦だ。私と下平も、安積に引っぱられるように猛稽古を続けた。

八月になり、猛暑が続いた。道場はことさらに暑い。私たちの班は、毎日、汗まみれになって稽古をした。

最初のうちは、連日訓練をしていて体ができているにもかかわらず、ひどい筋肉痛になった。だが、いつしか筋肉痛にもならなくなった。

自分たちの体格が引き締まり、筋肉量が増えたのがわかる。体の切れもよくなった。

私たちは、順繰りに乱取りをした。当然、私も内川と組む。そのとき思った。

昔の内川ではない。いつの間にか、簡単には負かすことができない相手になっていた。

三回に一度は、私のほうが内川の体落としを食らった。

私も、速水のアドバイスに従い、比較的得意だった内股を磨くことにした。

そして、九月がやってきた。最初の術科の授業。柔道指導教官が言った。

「今日は、班対抗の練習試合をやる。各班、自分にオーダーを提出するように」

いよいよこの日がやってきたのだ。

速水が言った。

「オーダーはどうする？」

安積が言う。

「おまえに任せる。この練習試合をやると言い出したのはおまえだからな」

「俺に責任を押しつけるのはよせよ」

「おまえに責任があるのは事実じゃないか」

「こういう場合は、責任を分担するものだろう」

「いや、誰かが責任を負うんだ。それが警察官というものだ」

安積のこの言葉に、速水は苦笑した。

「おまえは、本当に石頭だな」

二人がまた言い合いを始めそうだったので、私は言った。

「向こうはどう出てくるかな……」

その質問にこたえたのは、速水だった。

「前回は、強い順に並べて勝った。だから今回も同じオーダーで来るというのが常套手段だが……」

安積が言った。

「相手に合わせることはない。こちらはこちらのベストのオーダーを組めばいい」

速水が安積を見た。

「俺に任せると言ったな？」

「ああ」

「本当に俺が組んだオーダーで文句は言わないな？」

「言わない」

「他のみんなもそうか？」

私たちはうなずいた。
「よし、それなら、こういう順番で行こう」
速水が発表したオーダーは次のようなものだった。
先鋒・安積
次鋒・私
中堅・下平
副将・速水
大将・内川
私は思わずつぶやいていた。
「内川が大将か……」
速水が言った。
「この練習試合は、内川のためにやるんだ。内川が大将をやらなければ意味がない」
私は、この言葉に納得していた。
「そうだな。速水の言うとおりだ」
下平が言った。
「向こうが、前回どおりのオーダーを組んできたら、大将が一番弱いやつということになる。そうなれば、こちらが有利かもしれない」
それに対して、安積が言う。

「相手のオーダーに期待してどうする。全勝するつもりでいくんだよ」

速水が苦笑して言う。

「そのためにはまず、先鋒のおまえが勝たないとな。さあ、行ってこい」

指導教官の呼び出しで、先鋒が前に出た。

相手は、前島ではなかった。

どうやら前島が大将のようだ。敵はオーダーを変えてきた。それが我々にとって吉と出るか凶と出るかは、まだわからない。

「始め」

指導教官の号令で試合が始まった。

安積らしい戦いだった。果敢に攻めて、相手に隙を与えない。悪く言えばがむしゃらだが、よく言えばきわめて積極的な戦いだ。

だが、相手もこの二ヵ月で腕を上げていた。なかなか技が決まらない。それでも、安積は攻め続けた。体力が底をつくことなど、まったく考えていないような戦いっぷりだ。

安積は、しきりに脚を絡めようとした。左右の小内刈りを連続してかけていく。

小内刈りは、内側から相手の脚を刈る技だ。相手の右脚に対して、自分の右足で、左脚に対しては左足でひっかけるように刈る。

相手は明らかに安積の猛攻を嫌がっている。

相手が下がった。安積は、そこで小外刈りにいった。

相手の右脚を、左足で外側から刈ったのだ。それが決まって、相手が尻をついた。

「有効」が宣言された。

それからも、安積は時間いっぱいまで攻め続け、優勢勝ちとなった。

まずは勝ち星一つだ。

選手控えに戻って来た安積は、汗びっしょりで、完全に息が上がっていた。すべての体力を使い果たしたように、ぐったりと座り込んだ。

速水が言った。

「言っただけのことはやったな」

安積は、ちょっと速水のほうを見ただけで、何も言わなかった。言い返す力がもう残っていないに違いない。

速水の口調は皮肉のように聞こえた。だが、それは本意ではない。私には速水という男がわかりはじめていた。

彼は、心を動かされたとき、わざと皮肉な口調でしゃべったり、憎まれ口を叩くのだ。

速水は、間違いなく安積の戦いっぷりに感動していたのだ。

私も一歩も引かないその戦い方に心を打たれていた。

次鋒は、私だ。

安積に負けないように、夢中で戦った。

相手は、私より小柄だ。だが、膂力があった。引き付けられると、身動きが取れなくなる。

私は、相手を有利な体勢にさせまいと、激しく動いた。たちまち息が切れたが、連日の秘密練習のおかげで体力には自信がついていた。

相手が押してきたので、その瞬間に内股をかけた。相手の右脚を内側から右足ではね上げるのだ。

決まったと思った瞬間、それをすかされた。あっと思ったときには、逆に内股をかけられ投げられていた。

「一本」

指導教官の声が響く。負けた。私は、歯がみしながら戻った。

「ドンマイ」

速水が言った。「いい戦いだったぞ」

中堅の下平も、いい攻めを見せた。

正統派の戦い方だ。足技で相手を崩し、投げに持っていこうとしている。

跳ね腰をかけようと、相手に背を向けたとき、押しつぶされるように床に崩れた。

両選手がもつれる。

「待て」がかかるものと思っていた。だが、その前に、相手の袈裟固めが決まっていた。

「外せ、外せ」

「逃げろ」

私たちは、我知らずのうちに叫んでいた。しかし、相手の固め技はがっちりと決まっており、下平は抜け出すことができなかった。

結局、袈裟固めで一本を取られた。

戻って来た下平は一言つぶやいた。

「すまん」

それにこたえたのも速水だった。

「惜しかったぞ。あとは、俺たちに任せろ」

ついに後がなくなった。

速水か内川のどちらかが負ければ、相手が勝ち星を三つ上げ、私たちの班の負けとなる。

そして、最後には前島がひかえているのだ。

速水は、まったく気負いのない表情で試合場に出た。

そして、まさに瞬殺だった。

「始め」の声がかかり、組み合った瞬間にくるりと反転して相手を背負った。

そのまま畳に叩きつける。

「一本」

速水は、汗もかかずに戻って来た。そして、内川に言った。

「さあ、大将戦だ。おまえの運命がかかっている。悔いのないように戦ってこい」

指導教官が呼び出した。

「大将」

内川が歩み出る。向かい側からは前島が出てきた。

前島は自信に満ちていた。万に一つも自分が負けることはないと考えているに違いない。

内川は明らかに緊張していた。

互いに礼をする。

指導教官が「始め」の号令をかける。

内川が、一声気合いを入れた。

前島は無言で対峙(たいじ)している。余裕の表情だ。

内川がしきりに組手(くみて)争いに挑んでいく。前島は、それを嫌わずに、内川が組みやすいように組ませた。

横綱相撲だ、と私は思った。どんな組手でも勝てる自信があるのだ。

その自信を見せつけるかのように、前島はあっという間に内川を出足払(であしはら)いで倒した。

「有効」

指導教官の声が響く。

仕切り直して、さらに戦いが続く。

先ほどと同様に、前島は内川が組みたいように組ませている。そして、左右に揺さぶったかと思ったら、内川の左脚に、自分の右足をかけて投げた。小外刈りだ。

内川は必死で背中から落ちるのを避けた。

「技あり」

これで、あと技あり以上を取られたら負けだ。

二人は、再び組み合った。

そのとき、安積が叫んだ。

「内川、おまえは負けない。負けないんだ」

内川は、一度組手を切った。前島は、すでに勝ったような表情だ。このまま時間切れでも勝ちなのだ。

内川は再びつかみかかった。前島の袖と襟をつかむ。その瞬間に、くるりと身を回転させて、体落としをかけた。

私たちは、「あっ」という前島の声を聞いていた。

前島の巨体が宙を舞う。

そして、その背中が畳に落ちた。

「一本」

私たちは、その瞬間に立ち上がり、歓声を上げていた。

相手の虚をついた見事な一本勝ちだった。

指導教官が、我々の班の勝ちを宣言した。

この練習試合は、意外な副産物を生んだ。術科大会の柔道の試合で、わが教場が優勝したのだ。

大会で大活躍した前島が、試合後、我々の班のもとにやってきて、内川に言った。

「わが教場が優勝できたのは、おまえのおかげだ」

内川は、目をぱちくりさせた。

「俺のおかげ……？」

「練習試合のときに、おまえは俺の慢心に気づかせてくれた。あれがなければ、俺は術科大会で実力を発揮することはできなかったかもしれない」

前島は、ぽかんとしている内川にうなずきかけてから、悠々と去って行った。

速水が言った。

「ふん、内川に負けたくせに……」

内川が学校に留(とど)まったのは言うまでもない。彼は、心の傷を克服し、残りの授業と訓練を全うした。

もうじき、私たちは、卒業式を迎える。

任地はばらばらになっても、この班の結束は変わることはないと信じている。

特に、速水と安積のことは決して忘れないだろう。

彼らが、この先どんな警察官になっていくか、容易に想像がついた。

入学のときの宣誓の言葉に次のような一節がある。

「何ものにもとらわれず
何ものをも恐れず
何ものをも憎まず
良心のみに従って
公正に警察職務の遂行に当ることを厳粛に誓います」
安積と速水は、きっとそれを体現する警察官になるに違いない。

捕り物

1

「鈴らん通りで、酔っ払いの喧嘩だ」

無線を受けた主任の君島裕一巡査部長が言った。

辻井啓助巡査長が尋ねる。

「鈴らん通りのどのへんですか？」

「八丁堀三丁目十四……」

君島主任がこたえると、安積剛志はすでに交番を出ようとしていた。後からやってくる辻井が言う。

「おい、安積。あんまり入れ込むなよ」

「怪我人が出るかもしれません。急ぎましょう」

安積は白く塗られた自転車にまたがった。辻井が後に続いているかどうかなど確認せずに、現場に向かった。

野次馬が遠巻きに騒ぎを眺めている。人垣ができるほど人数は多くはない。

制服姿の安積を見て、野次馬の一人が言った。

「あ、お巡りさん。こっち、こっち」

中年のサラリーマン風の男と、学生風の男がつかみ合いをしていた。二人とも相当に酒気を帯びている。

安積は割って入った。

「やめなさい」

「何だ……。お巡りは引っ込んでろ」

中年男が言った。ネクタイが弛み、シャツがズボンからはみ出していた。

若者は中年男のシャツの襟元を放そうとしない。

「手を放しなさい」

安積は、若者を中年男から引きはがそうとした。そのとき、いきなり中年男が若者を突き放した。

若者が手を放し、後方によろける。安積もその動きに巻き込まれてたたらを踏んだ。

中年男が、両方の拳を振り回しはじめた。怒りに火がついたようだ。暴れ出すなら若者のほうだと思っていた安積は、完全に不意をつかれた。

つかみかかろうとするが、中年男の勢いが止まらない。

背後で声がした。

「ほら、何やってんの。取り押さえな」

辻井だった。安積は、どんと背中を押された。

「あ……」

暴れる中年男のほうに押し出されたのだ。避けようもなく、相手の拳が飛んでくる。顔面にいいのを食らった。

　視界の中に星が飛び、鼻の奥がきな臭くなる。膝から力が抜けそうになった。

　だが、ここでひっくり返るわけにはいかない。安積は、しゃにむに中年男にしがみついた。

　酔っていて足元が怪しい中年男は、安積を巻き込む恰好で地面に倒れた。辻井がその機を逃さず中年男を地面に取り押さえる。

「おとなしくしてください。でないと、トラ箱行きですよ」

　中年男は、じたばたと暴れていたが、やがて静かになった。すっかり息が上がったようだ。

「わかった……」

　あえぎながら、彼は言った。「わかったから放してくれ」

「話を聞きたいから交番まで来てもらいますよ。いいですね？」

　辻井の言葉に、中年男はうなずいた。

　安積は、尻餅をついたままだった。殴られた頬がじんじんしはじめていた。

　辻井が言った。

「休んでんじゃないよ。若いのを引っぱってきな」

「はい」

　安積は立ち上がり、若者の腕を取って、八丁堀交番に向かった。

安積は、警察学校を出ると、卒配で中央署地域課に配属になった。七ヵ月の現場実習、さらに警察学校に戻って二ヵ月の初任総合科の研修を経て、通常任務が始まった。

それからあっと言う間に半年近くが過ぎていた。十二月も半ばを過ぎ、世の中がいよいよ慌ただしくなってきている。

つまり、警察も忙しくなるということだ。特に、最前線である地域課はてんてこ舞いの時期を迎えている。

若者を引っぱってきた安積の顔を見て、君島主任が言った。

「おう、男前になってるじゃないか。彼にやられたのか?」

安積はこたえた。

「いいえ、辻井さんが連行してくる中年のほうです」

若者はすっかり酔いが覚めてしまったようで、おとなしくなっている。辻井が中年から、安積は若者から別々に話を聞く。

よくあるいざこざだ。どちらも訴える気はないというので、説教をして放免だ。説教は君島主任の役目だ。

君島は四十歳だが、安積からみるとずいぶんと大人に見える。辻井も三十五歳で、なんだかベテランの風格がある。

現場実習を合わせても、一年ほどの経験しかない安積とはやはり違う。

辻井はよくも悪くも要領をわきまえている。さきほど安積に「入れ込むな」と言ったが、なるほど彼は何につけても冷めている。

そつなく任務をこなすが、情熱が感じられない。安積が手本にしたい先輩ではない。

二人の酔漢を送り出すと、安積は交番の前に立った。立ち番は若手の役目だ。木枯らしの冷たさが身に染みる。

君島と辻井は、交番内の暖房の近くにいる。安積一人が寒空の下だが、まあ、新人なのだから仕方がない。

配属先が中央署と言われたときは、ぴんとこなかった。部署は地域課で、これも新米警察官のお決まりのコースだから、別に何とも思わなかった。

だが、担当が八丁堀交番だと聞いて、少なからぬ感慨があった。

時代劇の捕物帖では、八丁堀はお馴染みだ。江戸時代に町奉行所に勤める同心や与力の組屋敷があったのが、この八丁堀だ。

江戸時代から警察官の町だったのだ。

安積は、自分がここに配属されたことには必ず何かの意味があるはずだと思った。天が自分に、志を全うしろと言っているように思えた。

安積の志というのは、刑事になることだった。一刻も早く刑事になって犯罪捜査をしたい。そう思い続けていた。

あるときそれを辻井に話すと、彼は苦笑しながら言った。

「やめとけよ、刑事なんて……。しんどいだけで、得なことなんて一つもないぞ。やるんなら事務方だよ。日勤で定時に帰れる。出世も早い」

安積は、その言葉に驚いた。そして反発を覚えた。だが、先輩に意見してもいいことなど一つもないと思い、ただ、「そうですか」とだけこたえた。

「見たよ。さっきの……」

声をかけられて、安積はそちらを見た。

見覚えのある少年が立っていた。永島瞭一(ながしまりょういち)だ。仲間内ではリョウと呼ばれている。元暴走族だそうだ。今は無職で、バイトを転々としているらしい。髪を金色に染めて、どう見ても素行はよくなさそうだ。

知り合うきっかけは職務質問だった。深夜、コンビニの前にたたずんでいたので、安積が職務質問したのだ。

そのとき、リョウは「やることがないから、ただここにいるだけだ」とこたえた。どうやら、嘘(うそ)ではないようだった。

問題になるようなものも所持していなかったので、そのまま放免にした。だがそれ以来、なぜか向こうから声をかけてくるようになったのだ。

安積は不思議だった。リョウはどちらかというと警察を避けるタイプに見えた。だが、彼は安積に近づいてくる。最初は、何かを企(たくら)んでいるのかと警戒した。だが、そうではなく、どうやら安積を気に入った様子だった。

安積は、非行少年やチンピラがとにかく大嫌いだった。そういう連中は安積の正義感に反するのだ。

だが、リョウが声をかけてくるものだから、自然と話をするようになる。すると、彼が見かけほど悪いやつではないことがわかってきた。

バイトもそこそこ真面目にやっている様子だ。

安積はこたえた。

「何だ？　さっきのって」

「わかっていて訊いてるんだろう？　酔っ払いのオヤジにやられてたじゃないか」

「こっちは一般市民に手を出せないからな」

「ヤー公みたいなことを言うんだな。素人には手を出さないってか」

「仕事中だ。用がないならあっちへ行ってくれ」

「歳末の俺たちのイベント、来てくれるんだろう」

言われて思い出した。

地域の人たちが、年末に餅つきをやる。それに地域課の誰かが参加することになっていた。

住民とコミュニケーションを深めるいい機会だと、課長が乗り気になり、八丁堀交番担当者にお鉢が回ってきた。当然、新人の安積が指名された。

商店街の人たちが中心のイベントだが、リョウもボランティアで参加するという。安積も参加する予定だと言うと、リョウは妙に嬉しがった。

「ああ。餅つきだな。もちろん行くよ」

「必ず来てくれよ」

「わかったよ」

リョウはようやく交番を離れて行った。

2

最初は体がなかなかついていかなかった交替制の勤務にもようやく慣れてきた。

第一当番の日で、夕方で勤務が終わり、署で着替えていると、珍しく君島主任が、安積と辻井に言った。

「どうだ? 一杯やっていかないか」

主任から声をかけられて断るわけにはいかないと思い、安積は即座に返事をした。

「お供します」

当然、辻井もそうこたえると思っていた。

「いや、自分は真っ直ぐ帰ります」

彼がそう言ったので、安積は驚いた。君島主任は、別に気にした様子もなくこたえた。

「そうか。じゃあ、また明日」

結局、安積は君島と二人きりで飲みに行くことになってしまった。歓迎会など複数で飲みに行くことはあった。だが、二人きりというのは初めてだった。

上司とサシで飲むのだ。安積は少々緊張していた。

地下鉄八丁堀駅の近くにある酒場に連れて行かれた。チェーン店の大衆酒場があり、そこに行くのかと思ったら、君島はその隣にある小さなモツ焼き屋に入った。

「八丁堀ってのは、もともと屋敷町だったんで、飲食店がそんなに多くないんだ。そんな中でもここは俺のお気に入りでね」

「はあ……」

安積はどんなところでも文句はなかった。酒は嫌いなほうではない。

「最近は焼酎が流行りらしいが、俺は日本酒にする。おまえ、何にする？」

君島に尋ねられて、安積はビールを注文する。

飲み物が来ると、君島は焼き物の串を見繕って注文した。安積は任せることにした。

「警察官をやっていると、手っ取り早く日本酒で酔うことを覚えちまう。長っ尻ができなくなるんだ」

なるほど、そういうものかと思いながら、安積は君島の話を聞いていた。

「おまえ、刑事になりたいんだってな」

突然そう尋ねられたが、安積は慌てなかった。

「はい。警察官を志望したときから、刑事になろうと思っていました」

「そうか……」

君島は、コップの酒をうまそうに飲んだ。ふうっと息をつくと、彼は言った。「知ってると思うが、刑事ってのは狭き門だ。それは覚悟の上だな？」

「はい。心得ています」

刑事になるには、捜査専科講習を受けるための試験に合格しなければならない。そして、その試験には、署長推薦が必要だ。この推薦枠が年間に署で一人程度という難関なのだ。もちろん、ただぼうっとしていて署長推薦をもらえるはずがない。実績を稼ぐことが必要だ。いわゆる手柄を上げるというやつだ。

そうすれば、刑事課長などの眼にもとまる。それが署長に伝わり、推薦にこぎ着けられるというわけだ。

刑事を強く志望しているという情熱を示すことも重要だ。

「俺は、刑事の経験がない。約二十年、地域係一筋だ。だから、刑事になるためのアドバイスはできない。だが、一言だけ言わせてくれ」

「はい、うかがいます」

「今はとにかく、一人前の警察官になることに専念するんだ」

「はい、わかりました」

君島は、ふんと鼻で笑った。

「本当はそう思っていないだろう」

「え……？」

「返事は謙虚だが、負けん気が眼に出ている」

「は……？」

「刑事以外は眼中にないという気持ちだろう」

「いえ、決してそんなことは……」

「酒を飲んでいるときくらいは、本音を言えよ」

なかなかそうはいかない。

相当に酔えば別だが、安積は酒が強いほうで、飲んでもそれほど気が大きくなったりはしない。

「どんな部署も大切だと思っています」

「俺みたいに、ずっと地域係でもいいのか？」

「はい……」

君島は笑った。

「無理をしなくていい。わかってるよ。おまえはたしかに刑事タイプだ」

「そうですか？」

「そうだ。猟犬みたいな眼をしている。獲物を追わずにいられないんだ」

「はあ……」

「興味はないかもしれないが、まあ聞いてくれ。俺は、地域係が警察のセンサーだと思っている」

「センサー？」

「そう。耳や眼の役割を果たすわけだ。俺たち地域係が、日夜眼を光らせているから、警察が迅速に動けるということだな」

「それはよくわかります」

「事件の端緒に触れるのも、たいていは俺たちだ。つまりだ。殺人事件のような重要事案でも、最初に駆けつけるのは俺たち地域係だというわけだ」

「はい」

「さらに俺たちは、巡回連絡カードなどで地域の基本的な情報を把握している。事件が起きたときに、刑事たちが参照する基本情報を集めているわけだ。そして、日常的には、喧嘩の仲裁やら道案内やら逃げたペットの確保やら騒音の苦情への対処やら、それこそ雑多なことをやらされる。これほど変化に富んだ部署はない。俺はやり甲斐のある部署だと思っている」

「わかります」

「おまえ、どうして刑事になりたいんだ？」

どうして、と訊かれて、安積は困った。

「いやあ、今となっては理由なんてわかりません。小さい頃から、自分は刑事になるんだって決めていましたから……」

「ドラマか何かを見たのかな……」

「そうですね。子供の頃から刑事ドラマは好きでした」

「たぶん、俺と同じだな」

「同じ……？」

「俺もさ、幼稚園の頃から警察官に憧れていてな。俺の場合は制服だ。交番の前に立っている警察官の制服に憧れて、気がつけばこうなっていた」

「交番にいるお巡りさんを見て、警察官になろうと思ったわけですか」

「そうだ。だから俺は地域係が好きだ。できれば定年まで地域係にいたいと思っている」

「それはすばらしいことだと思います。これは本音です」

「デカ専科のための署長推薦をもらうには、ガッコウ時代の成績も重要だが、おまえ、どうなんだ？」

デカ専科は、捜査専科講習のことだ。

「悪くはないと思います。術科もそこそこ……。射撃は得意でした」

ひかえめに言ったが、同期の中で射撃の腕はトップクラスだった。警察学校に入る前に特に実弾射撃の経験があったわけではない。日本では拳銃を撃てる機会などない。

だから、純粋に才能があったということなのだろう。担当教官も言っていた。射撃では生まれ持ったセンスがものを言うのだ、と。

「じゃあ、あとは熱意と実績だな」

「熱意は、他の者には負けないと思います。実績についてはこれから頑張ります」

「辻井をどう思う？」

この質問が唐突に思えて、安積は戸惑った。

「辻井先輩ですか……。いや、どうと言われましても……」

「なんだか、頼りないと思っているんじゃないのか」

「いえ、そんなことはありません。ただ……」

「ただ、何だ？」

「あまり熱意が伝わってこない人だなとは思います。将来は事務方のほうがいいと言われました」

「事務方か……」

「定時に帰れるし、出世も早い、と……」

「まあ、それは間違ってはいないが、騙されちゃいかんぞ」

「騙される……？」

「あいつはマイペースで、いかにもやる気がないように見えるが、実は闘志を内に秘めるタイプでな。検挙数はかなりなものだぞ」

「たしかにマイペースですね。誘われても飲みにこないですし……」

「あいつは暇さえあれば、勉強をしているんだ」

「じゃあ、自分に事務方を薦めたのは、少しでもライバルを減らそうということだったんでしょうか……」

「そう聞いている」

安積は驚いた。「辻井先輩も刑事志望なんですか？」

「あ……」

「いつデカ専科に呼ばれてもいいようにな」

「勉強……？」


「どうかな……。もし、そうだとしたら、辻井のことを軽蔑するか？」

安積はきっぱりとかぶりを振った。

「いえ、さすがだと思います。頭がいいなと……。捜査にも戦略は必要ですし……」

「何ごとにも前向きで楽観的なのが、おまえのいいところかもしれないな」

「はあ……」

安積は自分を前向きだとも楽観的だとも思ったことはない。だが、自分で自分はわからないものだ。

もしかしたら、君島の評価が正しいのかもしれない。

「さっき、リョウと話をしていただろう」

「リョウをご存じですか？」

「元マル走で、補導歴もあるからな」

「一度職質をしたことがありまして……。それ以来、何かと付きまとわれています。何か企んでいるのかと思ったこともありましたが……」

「あいつは見かけはワルだが、企むとかそういうことができるやつじゃない」

「実は、自分もそう思っていたんです」

「職質のときに、何か言ったんじゃないのか？」

そう言われて安積は考えた。

「いえ、特別なことを言った覚えはありませんね」

「おまえに自覚がなくても、言われたほうが何かを感じた、ということもある。今度、それについて話をしてみるといい」

「はい、そうします」

「餅つき大会、出るんだったな」

「はい」

「やったことはあるのか？」

「いえ、ありません」

「そうか。いい経験になるな」

君島は、コップの酒を飲み干し、ちょっと迷いを見せてから、お代わりを注文した。

交番のお巡りさんに憧れて警察官になった。そんな人もいるんだな……。

君島は純粋に尊敬できる警察官だ。安積はそう思って彼を見ていた。

3

リョウと話す機会は意外と早く訪れた。

明け番で、昼間コンビニに行くと、リョウがいた。眼が合ったので、手を挙げて挨拶(あいさつ)した。

一瞬きょとんとした顔をしたリョウだったが、すぐに笑顔を見せて近づいてきた。

「制服着てないんで、誰かなって思っちまったよ。仕事は？」

「今日は非番だよ。そっちは何してるの？」

「俺、ここでバイトしてるんだよ。今上がりだ」

「ちょっといいか？」

安積は、リョウを店の外に連れていった。

「何だよぉ。また職質か？」

「職質じゃないけど、訊きたいことがある」

「何だ？」

「おまえらみたいのって普通、警察官を毛嫌いするじゃないか」

「おまえらみたいのって、どういう意味？」

ここで妙に取り繕ったりはしたくなかった。

「元マル走ってことだよ。補導歴もあるんだろう」

リョウは笑いながら言った。

「昔の話だよ」

「とにかく非行歴のあるやつは、警察に近づこうとはしない。だけど、おまえは俺に平気で近づいてくる。それはどうしてだ?」

「どうしてって……。知っている人に挨拶したりしちゃいけない?」

「そういうことじゃないが、俺に近づくのには何か理由があるんじゃないかと思ってな」

「まさか、安積さん。覚えてないわけじゃないよね」

「覚えてない……? 何を?」

「自分の言ったことを、だよ」

何だろう。安積はふと不安になった。

「俺がいつ、何を言ったんだ?」

「職質のときだよ。俺が、バイトでその日暮らしだと言ったら、何かやりたいことはないのかって、安積さん訊いたよね」

思い出した。たしかにそんな話をした。

「そうだったな」

「俺は別にやりたいことはないって言った。そうしたら、安積さん、こう言ったんだよ。何かやりたいことが見つかったら、話してくれ。話ならいつでも聞くって……」

それも覚えていた。

「たしかにそう言った。それがどうかしたのか？」

「実は俺、やりたいことがあってさ」

リョウはひどく照れたような顔になった。

「何だ？　やりたいことって」

言おうかどうか迷っている様子だ。安積は、彼が何か言うまで待つことにした。

やがて、リョウが言った。

「今、ここじゃちょっと……。今度話すよ」

「いつ話したって同じじゃないか」

「本当にちゃんと話を聞いてくれるんだろう」

「もちろんだ」

「他にいなかったんだよ」

「何が？」

「族をやめてから、話を聞いてやるなんて言ってくれる人はさ……」

リョウは、相変わらず照れくさそうな顔をしている。

安積は彼の言葉に少々驚いていた。話を聞くなんてことは、いつでも誰にでも言うことだ。その何気ない一言が理由で、彼は自分に近づこうとしていたのだ。

自分にはその発言に対する責任がある。リョウを拒否することは許されない。安積はそう思った。

「その言葉に嘘はない」

安積が言うと、リョウは肩をすくめて言った。

「じゃあ、餅つき大会のときに、話すよ」

「わかった」

リョウは、もう一度肩をすくめてから去っていった。

日勤の日、中央署で書類仕事をしていると、君島主任に呼ばれた。

「何でしょう」

「刑事課から連絡があった。近々、ウチコミがある。捕り物が目的だ」

ウチコミは、家宅捜索のことだ。被疑者の身柄確保を前提としている場合に、そう言われることが多い。単なる捜索のときはガサだ。

安積は、君島の言葉の続きを待った。

「地域課から助っ人を出してくれと言われている。俺は、おまえか辻井のどちらかに行かせようと思っている。刑事課にアピールするいいチャンスだからな」

安積は言った。

「ぜひ自分に行かせてください」

君島が言うとおり、これはまたとないチャンスだ。この機を逃す手はない。

「問題が一つある」

「問題……？」

「ウチコミは、餅つきのイベントと同じ日の予定だ」

「え……」

「時間的にも、かけ持ちというのは無理だ。どちらかを選ばなければならない」

刑事課の家宅捜索に参加したい。

安積は切実にそう思った。自分が行かなければ辻井が行く。

無言で考え込んでいると、君島がさらに言った。

「判断はおまえに任せる。今日中に返事をくれ」

「はい」

安積は席に戻り、書類仕事を再開した。だが、気もそぞろでまったくはかどらない。

席に辻井の姿はない。何かの用で外出しているのだろうか。自分の知らないところで、実績を稼いでいるのではないか。そんなことを思い、安積は慌ててかぶりを振った。

疑心暗鬼になっているときではない。

ここは冷静に判断を下さないと、取り返しがつかないことになる。

君島主任は、判断を任せると言った。もしかしたら、試されているのかもしれないと、安積は思った。

だとしたら、ここは熱意を示すべきだろう。何が何でも刑事になりたいという意志を、主任に伝えるべきだ。

君島主任もそれを期待しているはずだと思った。

当然、辻井もウチコミ参加を希望するだろう。ここは決して譲れない。

安積も強く参加を希望していることを伝えて、どちらを選ぶかの判断を、今度は君島主任に預けるわけだ。

それ以外の選択はない。そう決まれば、伝えるのは早いほうがいい。

安積は再び君島主任の席に向かおうとした。立ち上がった瞬間、頭の中をリョウの顔がよぎった。

安積は、その場で立ち尽くした。そうだ。餅つきイベントに行かないと、リョウとの約束を守れないことになる。

安積は立ったまま考えていた。

暴走族をやめて以来、話を聞いてくれる人がいなかったとリョウは言っていた。彼はおそらく、更生の意志が強いのだ。今、彼を失望させるわけにはいかない。

だが、刑事課にアピールすることも重要だ。あらゆる局面で自分を売り込む必要がある。でないと、年に署から一人程度という推薦枠には入れない。

おそらく君島主任は、自分にチャンスをくれたのだと、安積は思った。それをふいにすると、主任を失望させることになるのではないか。

君島主任をがっかりさせると、次のチャンスはないような気がした。与えられたチャンスは確実にものにしていかないと、刑事への狭き門を通ることはできない。

やはり、ウチコミに参加することを希望しよう。

安積はそう思い、君島の席に向かって歩き出した。

席の前に立つと、君島が言った。

「どちらを選ぶか、決まったか？」

「はい」

「どっちだ？」

「餅つきのイベントに行こうと思います」

安積は、自分でもそうこたえたことが意外だった。自分の席から君島の席まで行く、ごく短い間に、こたえが百八十度変わっていた。

自分には発言に対する責任がある。リョウと話をしたときに、そう思ったことを思い出したのだ。

「ほう……」

君島は言った。「ウチコミはいいのか？」

「大きなチャンスだと思います。しかし、自分は地域住民に対する責任を果たさなければならないと思います」

「どういう責任だ？」

「自分は、餅つきのイベントで、リョウから話を聞くと約束をしました。リョウは自分の言葉を信じてくれています。その信頼を裏切ることはできません」

安積は、君島が腹を立てるものと思っていた。せっかく自分に声をかけてくれたのだ。それは自分に対する期待を意味している。その期待にこたえなかったのだ。

安積は、君島の前で気をつけをし、彼の頭の上のほうを見つめていた。とても眼を見られない。そのまま、君島の言葉を待った。

やがて、君島が言った。

「よく気づいたな」

何を言われたのか理解できなかった。

「は……」

安積は君島の顔を見た。君島は笑っている。満足げな笑顔だ。

「おまえに選択させるのは、俺にとっても賭けだった。だが、おまえは俺の期待どおりのこたえを出してくれた」

「餅つきのイベントを選ぶことが、ですか……？」

「そうだ。もし、おまえがウチコミを選んだら、俺はおまえに二度とチャンスを与えなかっただろう」

「え……」

どういうことだろう。

「刑事を志す以前にまず、一人前の警察官になることを考えろと言っただろう」

「はい」

「そのためには、与えられた任務を精一杯こなすことだ。おまえは、地域係としての責任を選択した。もし、それを放り出して刑事課の応援を選ぶようなら、俺はおまえを見限っていたかもしれない」

もう少しで間違いを犯すところだった。それを知って安積はぞっとした。

君島は言った。

「刑事課にアピールするチャンスはいくらでもある。今は地域係の警察官としてやるべきことをやるんだ」

「はい」

「刑事課の助っ人には、辻井に行ってもらうことにする。辻井ははるかに先輩だ。先に刑事になるのも仕方のないことだ」

「自分はそれを応援したいと思います」

君島は笑った。

「本音じゃないだろう」

安積はきっぱりと言った。

「いえ、本音です。ただ、応援はしますが、自分も負けてはいません」

君島はうなずいて言った。

「では、餅つきイベントとリョウのことは頼んだぞ」

4

刑事課は、夜明けとともにウチコミをかけたという。たいへんな捕り物だったようだ。被疑者確保とともに、潜伏先だったアパートの一室の家宅捜索を行った。

さらに被疑者の取り調べが始まる。

まだ、辻井は戻ってこない。おそらく、家宅捜索に時間がかかっているのだろう。あるいは、押収してきたものの記録をつけているのかもしれない。

安積は出かけることにした。餅つきイベントはその日の午前十時からだ。だが、その前にいろいろと準備があり、安積はそれを手伝うことになっていた。

当初はイベントに出席するだけでいいと言われたが、それだけでは充分ではないと感じた。地域の人といっしょにイベントに参加するのだから、準備から関わりたい。

それを主催者側に伝えると「願ってもないこと」と言われた。

イベントが始まった。子供たちの前で餅つきが始まる。つきたての餅は、近所の主婦たちが、からみ餅や納豆餅、あんころ餅にしていく。

それを子供たちに配るのだ。

安積も、主催者側の人たちに声をかけられ、杵を握った。最初はまったく要領を得ず、ぎこちなかったが、次第に合いの手との呼吸も合ってきた。

予想よりも人が集まり、イベントは成功だった。安積は、後片づけにも参加することにした。

ボランティアの中にリョウがいた。

安積は彼に声をかけた。

「よお、約束どおりに来たぞ。話を聞かせてもらおうか」

「片づけが終わるまで待ってよ」

イベントの後片づけが終了すると、安積とリョウは近くの公園に出かけた。北風が吹く師走の公園に人影はない。

二人はベンチに腰かけた。長居していると凍えてしまいそうだ。安積はさっそく尋ねた。

「何かやりたいことがあると言っていたな」

「まあね……」

「何だ？」

リョウは下を向いて考え込んだ。

「やっぱ、無理かもしれない……」

「何が無理なんだ？」

「いくらやりたくても、俺には無理なんじゃないかって思ってるんだ」

「やってもみないで諦めるのか？」

「俺だって諦めたくはないさ」

「何がやりたいんだ？」

リョウは言い淀んでいる。

安積はあきれた思いで言った。

「おい、話を聞いてほしかったんじゃないのか？」

「聞いてもらいたかったさ」

「じゃあ、言ってみろよ。おまえが無理だと思っても、俺はそうは思わないかもしれない」

リョウはそれでも迷っている様子だった。やがて、彼は覚悟を決めたように言った。

「俺、安積さんみたいになりたいと思って……」

「俺みたいに？　どういうことだ？」

「警察官になりたいんだよ」

安積は驚いた。まさか、と思った。安積の顔を見てリョウが言った。

「やっぱり無理みたいだな」

「いや……。意外だっただけだ」

安積は冷静に考えてみた。そして尋ねた。「おまえ、高校は出ているのか？」

「こう見えてもちゃんと卒業してるよ」

「もうマル走とは縁が切れているんだな？」

「切れてるよ」

安積はうなずいた。

「ならば、不可能じゃない。採用試験を受けてみればいい。やる気と根性があれば、必ず警察官になれるさ」

「本当か？」

「ああ。だが楽じゃないぞ」

「わかってるさ」

リョウは立ち上がった。「安積さんに話してみてよかった」

そう言うと彼は走り去った。安積は一人ベンチに残って、その後ろ姿を眺めていた。

辻井は相変わらずやる気を前面に出すこともなく、淡々と業務をこなしていた。一方安積は、それとは対照的に何事においても積極的だった。

彼らが捜査専科講習のための署長推薦を受けられるかどうかは、まだ誰にもわからない。だが、俺は必ず刑事になると、安積は思い続けていた。

それから月日が流れた。

リョウこと永島暸一が、試験に受かり、警察学校に無事入学できたと聞いたのは、五月のすがすがしい日のことだった。

熾火

1

「中央署から来た地域係のやつ、刑事課に来るらしいぞ」

隣の席の同僚が囁いた。

三国俊治巡査部長は、書類仕事を続けながらただ、「そうかい」とつぶやいただけだった。

同僚が続けて言う。

「新しい課長が引っぱったんだろう」

今年、刑事課長が異動になった。新しい課長の名は、増田義次。五十歳の警部だ。たしかに彼は中央署から来た。

中央署では、強行犯係長だったという。その間に警部補から警部になり、三国のいる目黒署に移ってきたということだ。

三国は手を止めて同僚のほうを見た。

「いくら刑事課長の引きが強いからって、いきなり刑事にはなれない」

「それがさ、すでにデカ専科を修了しているらしいんだ」

捜査専科講習、通称デカ専科は、刑事になるためには必須だ。だが、誰でも受講できるというものではない。

同僚が続けて言う。

「中央署の署長推薦をもらって、選抜試験を受けたらしい」

三国は、再び書類に眼を戻した。

「なら、優秀なやつなんだろう」

「でも、三国さん、地域係に目をかけていたやつがいたんでしょう？」

同僚の言うとおりだった。

その若者の名は竹下章助。二十六歳の巡査だ。地域係だが、三国にはっきりと刑事になりたいと明言したことがあった。その結果、着実に検挙数を稼いでいた。熱心にパトロールや職質を行い、地域の人々の相談にも乗った。

何より前向きな姿勢に好感を持った。

三国は、竹下章助の希望どおり、刑事課に引っぱりたいと思っていた。もちろん、三国だけの力ではどうしようもない。

そこで、刑事課長に働きかけていたのだ。刑事課長から署長に話が行けば、捜査専科講習を受けるための選抜試験に推薦してもらえる可能性があった。

この推薦は、年間に署内で一人程度という狭き門だ。

しっかり根回しをしていたつもりだったが、刑事課長が異動になった。中央署からやってきた増田課長は、中央署から連れてきた若者を刑事にしてしまった。

竹下の刑事への道は、増田新課長とこの若者のせいで閉ざされてしまったのだ。

三国は、書類に眼をやったまま言った。

「人事は、俺たち下っ端の思惑じゃどうしようもないよ」

それきり、隣の同僚もそのことについては何も言わなかった。


「三国さん。ちょっと来てくれ」

強行犯係長の犬養忠司に呼ばれ、三国は係長席のほうを見た。

そこに見慣れない若者が立っている。制服姿ではない。紺色の背広を着ていた。

三国は立ち上がり、係長席に近づいた。

「何でしょう?」

「今度、強行犯係に配属になった安積君だ」

紹介された男は、深々と頭を下げた。

「安積剛志巡査です。よろしくお願いします」

「ああ……」

三国は言った。「中央署から来たという……」

犬養係長がうなずいた。

「そうだ。三国さんに彼と組んでもらおうと思ってな……」

なるほど、新人のお守りをしろということだな。三国はそう思った。ベテランは新人や若手と組まされることが多い。教育係というわけだ。

犬養係長が安積に言った。

「刑事のいろはをまず叩き込んでもらわなきゃな。びしびし鍛えてもらえ」

安積が再び頭を下げる。

「よろしくお願いします」

そうだ。俺は厳しいんだ。音を上げずについてこられるかな……。

正直言って、三国は安積と組むのが嫌だった。こいつのせいで、竹下が刑事になれなかったのだという思いもある。

「じゃあ、さっそくいろいろと説明しようと思いますが、いいですね?」

三国が言うと犬養係長がうなずいた。

「ああ、頼む」

係長に一礼すると、三国は安積に言った。

「こっちへ来てくれ」

強行犯係の島の一番末席が空席だった。そこが安積の席になる。

三国は自分の席の脇に安積を立たせたまま、刑事の主だった一日の行動を説明した。

「突発的な事件がなければ、それぞれに抱えている事案を継続的に捜査する。事件があって呼び出しがあれば、すぐに駆けつけることになるが、これは地域係もそれほど変わらないと思う。聞き込みなどの捜査に出かけるときは、係長に予定を提出する。そして、その結果を報告する。文書にも残す。……というわけで、刑事はいつも書類を書いている」

「はい」

その類の細々した説明を終え、三国は言った。

「何か質問はあるか？」

「三国さんは、ある地域係員を刑事課に引っぱりたいとお考えだったそうですね」

三国は、この唐突な質問に戸惑った。

「そういう質問をしろと言ったわけじゃない」

「できれば、うかがっておきたいのですが……」

「余計なことを考えずに、仕事に集中しろ」

「自分が今後、目黒署で刑事をやっていくにあたり、これは余計なこととは言えないのではないでしょうか」

怒鳴りつけようか、無視しようか、それとも……。

いろいろと考えた末に、三国は言った。

「増田課長とおまえが来なければ、そいつが刑事になっていたかもしれない」

「その人の名前を教えてもらえますか？」

「聞いてどうするつもりだ」

「知っておきたいんです」

「人事には運不運もある。今回、竹下が不運だったというだけのことだ。おまえが気にすることじゃない」

「竹下というんですね、その人」

「いいから、忘れろ」

犬養係長から集合がかかり、その話はそこまでになった。

強行犯係が追っていた強盗犯の潜伏先が判明した。そのウチコミの打ち合わせだった。

犬養係長が言った。

「潜伏先は、五本木一丁目のアパートだ。明日の夜明けと同時にウチコミだ」

三班に分かれて実行する。係長とベテラン捜査員の二人組がドアをノックする。さらに別の二人組が、少し離れた場所にひかえている。これはバックアップだ。

そして、三国と安積が裏手を固める。潜伏先は、一階の部屋で、縁側からも出入りできる。三国と安積はそちらに回ったのだ。

三国は安積に尋ねた。

「ウチコミは初めてか?」

「はい」

「いいか、気を抜くな。かといって緊張しすぎてもいけない。自然体で対処するんだ」

「わかりました」

返事だけはいいが、実際はどうだろうな。三国はそんなことを思っていた。どんなに訓練を積んでも、実戦は別物だ。

当日、夜明け前に署に集合した。全員そろったところで、五本木一丁目の現場に出かける。

捜索差押の許可状は、特別の記載がない限り、日の出から日没までしか執行できない。だから、夜明けと同時に捜索を開始するのだ。

周囲はまだ薄暗い。三国が時計を見て言った。

「そろそろ日の出の時刻だ。始まるぞ」

裏手にいるので、係長たちの動きはわからない。突然受令機からベテラン係員の声が聞こえてきた。

「これから、令状を執行する」

三国は、縁側のガラス戸を見つめていた。突然、そのガラス戸が開いて、若い男が飛び出してきた。

三国は反射的に安積に言っていた。

「追え。逃がすな」

「はい」

安積は勢いよく走り出した。さすがに張り切っているな……。三国はその姿を見て、そんなことを考えていた。

被疑者は、三国たちの姿を見ると、慌てて左側に向かって駆け出した。

「待てっ」

安積もそちらに向かった。彼らはすぐに、角を曲がって見えなくなった。三国は、慌ててその角まで駆けていった。それだけで、息が上がった。

角を曲がったところにも、安積と被疑者の姿はなかった。さらに次の角まで行く。そこで、三国は誰かが地面に倒れているのに気づいた。背広を着ている。

間違えようがない。倒れているのは安積だった。三国は駆け寄って尋ねた。

「被疑者はどうした？」

安積はすぐに起き上がった。

「すいません。逃げられました」

どうやら揉み合って、突き飛ばされるか投げられるかしてひっくり返ったらしい。

三国は舌打ちした。裏から逃走することを見越して、三国と安積が張っていたのだ。そして、思ったとおり犯人は裏から逃げようとした。

それなのに、犯人を取り逃がしてしまったのだ。とんだ失態だ。三国は苛立ち、安積を怒鳴りつけたくなった。

さぞかし、しょげているだろうと思ったが、意外にも安積は平然としていた。

三国はすぐに犬養係長と無線で連絡を取り合った。

「被疑者が縁側から逃走。繰り返します。被疑者が縁側から逃走しました」

「まだ、それほど遠くには行っていないだろう。あとを追え」

「了解。すぐに追跡します」

三国は、安積に言った。

「何としても被疑者を発見するぞ」

「はい」

安積は被疑者が逃走した方向に駆け出そうとした。

「待て」

三国が言った。「おまえが本気で走ったら、俺はとてもついていけない。一人で行ってくれ。俺はすぐに後を追うから」

「わかりました」

安積は駆けていき、あっと言う間に姿が見えなくなった。

しばらくして、無線で「確保」の声が流れた。先回りした別の班が被疑者を発見して、その身柄を確保したのだった。

三国はほっとした。このまま被疑者に逃走されたら、三国と安積の失策ということになってしまう。

被疑者の身柄を署に運んだ後、三国は安積に言った。

「気を抜くなと言っただろう」

「はい。次は絶対に失敗しません」

「だといいがな」

「だいじょうぶです」

こいつ、めげないやつだな。

三国は思った。落ち込んだ様子はまったくない。こんなやつも珍しい。

それから三日後のことだ。隣の席の同僚がまたないしょ話をしてきた。

「安積が竹下を捕まえて、何か話をしていたらしいぞ」

三国は驚いて聞き返した。

「竹下を捕まえて……？　いったい何を話していたというんだ」

「知らないよ。本人に訊いてみたら？」

「そうしよう」

三国は、安積を廊下の端に呼び出して尋ねた。

「竹下と話をしたらしいな」

安積はまったく悪びれる様子もなくこたえた。

「はい、一度会っておかないと、と思いまして」

「俺は、忘れろと言ったはずだ」

「すいません。忘れることができませんでした」

「何を話したんだ」

「自己紹介をしました」

「それだけか？」

「そして謝りました。自分が目黒署に来たばかりに、竹下が刑事になれなかったのではないかと思いまして……」

三国は舌打ちをした。

「なんて無神経なことを……」

「無神経とは思いませんが……」

「謝れば、それでおまえの気は済むかもしれないが、相手は悔しい思いをするだけだ。それがわからないのか？」

「当然悔しい思いをするでしょうね」

「何だと？」

「でも、もやもやしているよりいいでしょう」

「何がいいと言うんだ」

「人事には運不運があると三国さんはおっしゃいました。竹下もそう思っていたかもしれません。しかし、そのまま放っておいたら、もやもやしたものが残ってしまうでしょう。悔しい思いが、上司や人事担当、ひいては警察のシステムにまで及んでしまうかもしれません。それは竹下にとっていいことではありません。それよりも、憎しみの対象は自分であったほうがいい」

三国は驚いた。

「竹下の憎しみがおまえに向けられればいいと……」

安積はほほえんだ。

「誰かに先を越されて悔しいと思うくらいでないと、一人前の警察官にはなれない。そうじゃありませんか」

「わかった。もういい」

三国が言うと、安積は礼をしてその場を去って行った。

腹を立てて安積を呼び出した。だが、いつの間にかそんなことは忘れていた。不思議なやつだな……。そのとき、三国はそう思った。

それから三国は一人で署を出て、竹下が担当している交番にやってきた。目黒区東山一丁目にある宿山(しゆくやま)交番だ。

竹下は三国を見て驚いた様子で言った。

「どうしたんですか……」

「ちょっと近くに用事があったもんでな……」

そのとき、たまたま交番には竹下一人だけだったので、三国はさっそく話を切り出した。

「おまえ、安積と話をしたそうだな」

竹下にとっては面白くない話題のはずだ。三国はそう思ったが、意外にも竹下は表情を明るくした。

「そうなんですよ。いやあ、向こうから会いに来たんですけどね……」

「どんな話をしたんだ?」

「俺が安積だと言うので、知っているとこたえました。すると、いきなり頭を下げて、すまない、と言うんです」

「いきなり頭を下げた？」

「ええ。深々と……。彼が目黒署に来たばかりに、自分と三国さんの期待を踏みにじることになったと言いました」

「それで……？」

「思い上がるんじゃない、と自分は言いましたよ。俺が刑事になれなかったのは、おまえのせいなんかじゃない、と……」

「本当にそう思っているのか？」

「いや、最初は安積のせいだと思っていましたよ。でも、本人の顔を見て、頭を下げられたら、そんな気持ちはなくなりましたね。あいつのあまりの潔さに笑い出したい気分でした」

三国はうなずいた。

「そうか」

「これで刑事になる道が絶たれたわけじゃありません。安積には負けない。そう思うようになりました」

「そうだな。まだまだチャンスはあるはずだ」

「不思議なやつですね」

「ん……？」

「安積です。あんなに真っ直ぐで厭味のないやつは珍しい」

三国はただうなずいただけだった。

そうか、竹下も俺と同様に、安積が不思議なやつだと感じたのか……。

2

その翌日のことだ。目黒署管内で、傷害事件が起きた。現場は、ＪＲ目黒駅のそばだ。

被害者は十八歳の少年で、非行少年グループのリーダー格だった。

ちなみに、ＪＲ目黒駅は品川区にあるので、目黒署管内ではない。事件が起きたのはその境界ぎりぎりのところだった。

「名前は、仙波辰郎。無職で、いつも数人でつるんで行動しているということだ」

犬養係長が係員に告げる。「仙波は元暴走族だが、今は族を卒業している。だが、相変わらず素行は悪いと、少年係の者が言っている」

ベテランの係員が言う。

「半グレってやつかね」

「そうだな。仙波には、複数の打撲の跡がある。誰かにボコられたということだと思う」

別の係員が言う。

「半グレが誰かに殴られたっていうだけのことでしょう。事件にするんですか」

「被害者は顔の骨を折って入院しちまっているし、訴えも出ているんでな……」

「そんなもん、放っておけばいいのに……」

すると、安積が言った。

「被害者がいるからには、放っておくわけにはいかないでしょう」

放っておけばいいと言った係員は鼻白んだ表情になったが、安積は平然としていた。

犬養係長が言った。

「安積の言うとおりだ。放っておくわけにはいかない。全員で目撃情報および、防犯カメラなどの証拠映像を当たる」

係員たちは、それぞれ二人組で行動を開始した。

たしかに安積の言うことはわかる。だが、三国もこの事案には、熱意が持てない。他の係員が言ったように、反社会的な集団の一員が、誰かに殴られたというだけのことだ。

そういう連中にとって、殴った殴られたは日常なのだ。暴力の衝動をどうしても抑えられないやつらがいる。暴力そのものが好きでたまらないやつらもいる。

迷惑な存在だが、決して世の中からいなくなることはない。そんな連中が怪我をするのは自業自得ではないか。

三国にはそういう思いがある。

だが、安積はそう思ってはいないようだ。やる気を前面に出して頑張っている。聞き込みも、三国が引っぱられるような恰好だ。

一日中歩き回り、すっかり日が暮れても、まだ聞き込みを続けようとする安積に、三国は言った。

「そんなに入れ込むことはない。他にも捜査員はいるんだ。それとも、手柄を立てたいのか?」

「手柄とかそういう話じゃありません。被害者のことを考えると、一刻も早く犯人を挙げたいじゃないですか」

「その被害者は、一般人じゃない。半グレなんだぞ」

「何だろうが、被害者は被害者です」

「とにかく、いったん署に戻ろう。何か情報があるかもしれない」

「もう少しだけ、聞き込みを続けます。三国さんはどこかで休んでいていいです」

一瞬、その言葉に甘えたいと思った。だが、三国はその思いを打ち消して言った。

「そんなわけにいくか」

結局、それから一時間以上、聞き込みを続けた。おかげで、耳寄りな情報が得られた。

ＪＲ目黒駅の近くで聞き込みをしているときのことだ。飲食店を出て来た、見るからに柄の悪そうな二人組に安積が声をかけた。

短い髪を金色に染めたピアスだらけのやつと、長髪にサングラスの二人組だ。こいつは相手が誰であろうと物怖じせずに声をかけるのだな……。三国はそんなことを思っていた。

「この近くで喧嘩があったの、知らないかな」

金髪にピアスの若者がこたえる。

「喧嘩っすか？　さあ……」

「半グレの仙波ってやつがやられたんだけど……」

長髪にサングラスのほうが言った。

「ああ、それ、噂聞いたな」

「どんな噂？」

「ジュンがタツローをボコったって……」

「タツローって、仙波辰郎だね？　ジュンというのは？」

「永瀬隼。まだ高校生だけど、怒らせるとハンパなくおっかないって噂だ」

「仙波辰郎や永瀬隼と面識があるの？」

二人はかぶりを振った。

長髪がこたえた。

「ないない。有名な二人なんだよ。俺、噂聞いただけだから……」

安積が三国のほうを見た。質問を切り上げていいかと、無言で尋ねているのだ。三国はうなずいた。

署に戻ると、すぐに永瀬隼のことを犬養係長に報告した。

話を聞き終えた犬養が言った。

「防犯カメラの映像を入手した。事件当夜、被害者といっしょに歩いている人物の人着が見て取れる。永瀬隼のことを至急調べてくれ。顔写真を入手するんだ。防犯カメラの人物と一致すれば、引っぱれる」

「了解しました」

係員たちは再び、夜の街に出ていった。

その日の午後十時頃に、永瀬隼の人着の確認が取れ、それが防犯カメラの映像の人物と一致することがわかった。

捜査員たちが聞き込んで来た情報によると、永瀬隼も、何人かの非行少年集団のリーダーらしい。

犬養係長が言った。

「非行少年グループ同士の抗争というところか……」

ベテラン捜査員がそれに応じる。

「ま、それでけりがつくでしょう。いずれにしろ、身柄を引っぱって話を聞けばわかりますよ」

「そうしよう。永瀬隼の情報を入手したのは、三国さんたちだ。三国さん、本人から事情を聞いてくれ」

「了解しました」

そうこたえてから、三国は安積に言った。「おまえも同席しろ。記録係だ」

「はい」

午後十時半頃に永瀬隼の身柄が届いた。取調室ではなく小会議室に連れて行き、住所、氏名、年齢、職業を尋ねた。住所は目黒区中町二丁目。年齢は十七歳。職業は高校生だ。

「仙波辰郎という人、知ってる？」

三国が尋ねると、永瀬隼は、一言こたえた。

「知っている」

「どういう関係？」

「関係はない」

永瀬隼は、必要最小限のことしか言わない。反抗的なわけではないが、愛想がいいわけでもない。高校生とは思えないくらいに、腹が据わっているという印象があった。

なるほど、長髪の若者が言っていたように、怒らせると恐ろしいというのは本当かもしれない。

三国はさらに質問を続けた。

「関係がないということはないだろう。親密な関係とは限らないんだ。敵対するのも関係だ」

「敵対していたわけじゃない」

「じゃあ、どういう関係だね？」

永瀬隼は、三国を見返して言った。

「俺と仙波の関係が聞きたいわけじゃないでしょう。俺は仙波を痛めつけた。その事実が知りたいはずだ」

「じゃあ、仙波に対する傷害を認めるんだね」

「殴ったのは事実だ。それを傷害罪だというのなら、そういうことになる」

三国はうなずいてから言った。

「仙波辰郎は、非行少年グループのリーダーだった。一方、君もそうだ。つまり、非行少年グループ同士の抗争と考えていいのかい？」

永瀬隼は、一瞬の間を置いてからこたえた。

「まあ、そういうことかもしれない」

三国は、安積に言った。

「記録は取ったな」

「はい」

視線を永瀬隼に戻して、三国は言った。

「ここでしばらく待ってもらうことになる。いいね」

永瀬隼は何も言わない。

付き添いの係員と永瀬を残し、三国は安積とともに強行犯係に戻った。

犬養係長に報告する。

「永瀬隼が、仙波辰郎に対する傷害を認めました」

「自供が取れたか」

犬養係長が言う。「いずれにしろ、少年事件だから家裁に送致しなければならないな」

少年事件は基本的に全件家裁に送致だ。

三国はうなずいた。

「これで、一件落着ですね」

犬養係長が言う。

「そうだな。あとは家裁に任せればいい」

そのとき、安積が言った。

「待ってください」

三国と犬養係長は、同時に安積を見た。安積は、真剣な眼差(まなざ)しを二人に向けていた。三国は尋ねた。

「何を待てと言うんだ」

「家裁に送致するのを、ちょっと待っていただきたいんです」

「おまえは何を言ってるんだ？　なぜ待つ必要がある。おまえもその眼で見て、その耳で聞いただろう。永瀬隼は、犯行を認めたんだ。防犯カメラの映像もある」

「本当にただの抗争事件なのでしょうか」

「あいつはそうだと認めただろう」

「認めたわけではありません。まあ、そういうことかもしれないと言ったんです」

「それは、認めたということなんじゃないのか」

「そうとは言い切れないと思います。彼は、何かを隠しているような気がします」

「ばかを言うな。せっかく本人が認めているのに、それを蒸し返そうって言うのか？」

「動機がはっきりしていません。認めているとは言えないでしょう」

「動機だと」

三国は驚き、あきれてしまった。「さっきは被害者のことを考えると、一刻も早く犯人を挙げたいと言ったな。今度は、犯人の動機か」

「そうです」

安積は言った。「動機がはっきりしない限り、彼が本当に罪を認めたとは言えないでしょう」

三国は考え込んだ。

刑事の経験がほとんどない青二才が、何を言っているのか。

こういう場合、そう思うのが普通だ。だが、真剣な安積の表情を見ていると、なんだか、彼が言っていることが正しいような気がしてくる。

たしかに、動機がはっきりしていない。

非行少年グループ同士の抗争だとしても、なにかきっかけがあったはずだ。

他の新参者がこんなことを言うのを聞いたら、三国はひどく腹を立てるだろう。だが、安積だと不思議と腹が立たなかった。

三国はその理由に気づいた。

安積がいつも本気だからだ。

犬養係長が言った。

「どうするんだ、三国さん。家裁に送致すれば、それで事案は手を離れるが……」

三国は犬養係長の顔を見た。

「もう一度、調べさせてください。家裁に送るにしても、もう少し事情をはっきりさせたほうがいいでしょう」

「自供したんだろう？」

「すいません。安積が言うことにも一理あるような気がしてきたんです」

「三国さんが、そう言うのなら……」

三国は、安積とともに、永瀬隼のもとに戻ることにした。

廊下を歩きながら、三国は言った。

「おまえが話を聞いてみるか？」

「はい」

遠慮も戸惑いもない。

三国たちが戻ると、永瀬隼が言った。

「俺はどうなるんだろう？　逮捕されるのかな？」

安積がこたえた。

「罪を認めたし、防犯カメラに被害者といっしょに映っている映像が残っていました。だから逮捕されることになるでしょう。君は少年なので、家庭裁判所に送致されることになります」

「わかった」

三国は安積に言った。

「おい、そんなことまでいちいち説明しなくてもいいんだよ」

「被疑者にも知る権利はあるでしょう」

「いいから、質問を始めたらどうだ？」

安積は永瀬隼に尋ねた。

「仙波辰郎を殴った理由は何です？」

「抗争だよ。理由なんてないさ」

「そんなはずはありません。どんな出来事にも理由はあるはずです」

永瀬隼は、安積の視線を避けるように眼をそらした。三国が質問しているときには、そんなことは一度もなかった。

永瀬隼は三国を真っ直ぐに見返していた。まるで、挑むように。そんな彼が、安積から眼をそらさなければならなかった。

おそらく、力負けしたのだろうと、三国は思った。永瀬隼は、安積の熱心さが苦手なのかもしれない。

「俺たちは、いつでも衝突のチャンスを待っているんだ。どんなことでもきっかけになり得る。だから、今回も特に理由なんてないんだ」

「本当に抗争事件なんですか？」

「どういうこと？　抗争事件じゃなければ何だって言うの？」

「それをうかがいたいのです。あなたは何かを隠しているんじゃないんですか？」

永瀬隼は笑みを浮かべた。余裕を見せたいのだろう。

「俺が何を隠していると言うんだ」

「それを教えてもらいたいんです」

永瀬隼は、一つ深呼吸をしてから言った。

「俺は、仙波辰郎を殴って病院送りにした。それは単純な抗争事件だ。それが事実だよ」

「自分は、あなたが仙波辰郎を殴った理由が知りたいんです」

「あいつがクズだからだよ」

永瀬隼が吐き捨てるように言った。その口調はそれまでとまったく違って、激しいものだった。

それを聞いた安積が言った。

「わかりました。質問は以上です」

そして、三国のほうを見た。三国は立ち上がり、廊下に出た。安積がついてきた。

「どうしてもっと追及しない」

三国が尋ねると、安積はこたえた。

「今の一言で、何か事情があることがわかったからです。もっと事件の周辺を調べなければならないと思います」

たしかに永瀬隼と仙波辰郎の間には何か確執がありそうだ。安積が言うとおり、永瀬隼の一言の口調でそれがわかった。

「わかったよ。あとちょっとだけ、おまえに付き合ってやる。係長に言って、事件を洗い直すことにしよう」

安積は深々と頭を下げた。

「ありがとうございます」

犬養係長は、三国から話を聞くと、気乗りしない様子で言った。

「わかった。被害者と被疑者の両方の周辺を、全員で当たってみよう」

事件の洗い直しが始まった。

「売春の強要……?」

仙波辰郎について調べていた、ベテラン係員の報告を聞いて、犬養係長が思わず聞き返していた。

三国と安積も話を聞こうと、係長席に近づいた。ベテラン係員が説明した。

「ええ、仙波辰郎がある少女に無理やり売春をさせていたというんです。その少女は永瀬隼と同じ学校に通っていて……」

「永瀬隼と彼女は何か特別な関係にあったのか？」

「いや、関係はないようですが、永瀬はその話を知っていたようですね」

三国が言った。

「それが、仙波辰郎を殴った理由か……」

ベテラン係員が三国を見てこたえる。

「どうやら、そういうことらしい。永瀬隼は、その少女を助けようとしたんだな。そして、仙波辰郎がやったことが許せなかったんだ」

「なるほど」

三国は安積を見て言った。「それで、クズ野郎か……」

安積はうなずいた。

「彼が事実を自分たちに告げようとしなかったのは、その少女を守るためなのでしょう。本当のことを話せば、売春の事実が発覚してしまうことになりますから……」

それから三国は、犬養係長に言った。

「情状を斟酌（しんしゃく）してもらうように、家裁の裁判官に意見書を付けることはできますね？」

「おまえさんが意見書を書くなら、付けてやるよ」

三国は席に戻ると、安積に言った。

「意見書はおまえが書け」

「え……。自分は判事に対する意見書なんて書いたことがありませんが……」

「書き方は教えてやる。それが俺の役目だ」

「わかりました」

情状を酌量してもらえれば、永瀬隼の罪はたいしたものにはならないだろう。それよりも、仙波辰郎の売春の強要については、生活安全課でさらに調べを進めなければならない。

三国は安積の書き上げた書類をつぶさに読んだ。少々大げさな表現が目立つが、それくらいのほうが、判事には伝わるかもしれない。

何より安積らしいと三国は感じた。

「いいだろう」

安積がほっとした顔で言った。

「文章は苦手なもので……」

「おまえは最初、被害者のために犯人を挙げることに夢中だった」

「はい」

「それで、いざ犯人を捕まえてみると、今度はその動機が気になると言いだした」

「はい」

「見ようによっては、被害者と加害者の両方に肩入れしているように感じられる」

安積は少し考えてから言った。

「自分は、すべての事情を知りたいと思っただけです」

「すべての事情？」

「犯罪の被害者やその家族は辛い思いをします。同時に、加害者にも止むに止まれぬ事情があることがあるでしょう。それを知る必要があるのだと思います」

普通のやつが言うと、優等生の発言だと感じるだろう。だが、安積は普通ではない。全身全霊でそれを実行しようとするのだ。

三国は苦笑した。

「おまえは、出世できないだろうな」

「そうでしょうか」

「だが、間違いなくいい刑事になる」

安積の表情が明るくなった。

「ならば、出世はしなくていいです」

熱いやつはいくらでもいる。刑事には珍しくない。だが、安積の熱血は伝染する。まるで熾火のように、触れる者に熱が移っていくのだ。こんなやつは珍しい。

刑事として、俺がこいつに教えてやれることなどないかもしれない。

三国は思った。

俺の役目は、こいつの手綱をつねに握っていることだ。
三国は心の中で、もう一度言った。
間違いなくいい刑事になる。

最優先

1

石倉進（いしくらすすむ）は、異動先の新警察署にやってきて、思わず立ちすくんでいた。

「おいおい……。本当にここで働くのか……」

東京湾臨海署は、東京都で百一番目にできた新しい警察署だ。臨海副都心構想を睨（にら）んで、設置されることになった。

警察署とは名ばかり。プレハブに毛が生えたような庁舎だった。まるで建築現場の仮設事務所のように見える。

庁舎の中は、外観ほど粗末ではない。それでも、本格的なビルとは違う。あくまでもここは仮庁舎なのだ。

石倉は、刑事課鑑識係の係長として赴任してきた。まずは、係員たちとの顔合わせだ。初めて会う連中がほとんどだが、その中に顔見知りが二人だけいた。

一人は、石倉とそれほど年齢が変わらないベテランだ。鑑識係は職人の世界だと、石倉は思っている。経験がものを言う。だから、この湯川達彦（ゆかわたつひこ）という巡査部長を信頼していた。

もう一人は、児島健次郎（こじまけんじろう）という名の若い巡査だ。石倉が鑑識を一から仕込んだ、いわば弟子のような係員だ。石倉が東京湾臨海署に異動になるに当たり、彼を引っぱったのだ。

顔合わせが済むと、湯川が近づいてきて石倉に言った。

「お台場ってのは、殺風景なところだね」

「ああ。こいつは島流しかな」

「いやあ、副都心だっていうんだから、そのうちに発展していくんだろう」

「この庁舎も、なんだか落ち込んでくるね」

「新しいだけいいじゃないか」

「駐車場だけがやけに立派だ」

「交機隊や高速隊の分駐所と同居だからな」

「こんな誰もいないところで、事件なんか起きるのか？」

「暇だといいがね。きっとそうもいかないぞ」

「盗犯係の係長はどんなやつか知っているか？」

石倉がそう尋ねたのには理由がある。

鑑識が日常的に一番関わりを持つのは、盗犯係なのだ。なにせ、盗犯は数が多い。所轄が扱う犯罪の大半が窃盗だと言っても過言ではない。

湯川がこたえる。

「盗犯係長は、品川署から異動になった人で、話のわかる人らしい。問題は、強行犯係だよ」

「強行犯係……？」

石倉が聞き返すと、湯川はうなずいた。

「目黒署から来た係長は、ずいぶんと鼻っ柱が強いやつらしい」

「へえ……。ちょっとツラを拝んでくるか……」

「付き合うよ」

石倉は、鑑識係の島を離れ、強行犯係に向かった。

強行犯係は、係長を入れて六人だった。

係長席にいる男は、四十代だろうか。なるほど、強情そうな顔つきをしている。

石倉と湯川が近づいていくと、係長は顔を上げた。

石倉が言った。

「鑑識係の石倉だ。こっちは湯川」

係長席の男は立ち上がった。

「石倉係長ですね。安積です。いろいろとお世話になると思います。よろしくお願いします」

丁寧な挨拶(あいさつ)だが、石倉はそれを他人行儀だと感じた。

これから同じ釜(かま)の飯を食うのだ。笑顔で「やあ、よろしく」でいい。だが、安積と名乗った係長は笑顔も見せない。

石倉は言った。

「ああ、よろしくな。お手柔らかに頼むよ」

「仕事となれば、お手柔らかというわけにはいかないと思います」

やはり、にこりともしない。なんだか、いけ好かない野郎だな。

石倉はそんなことを思いながら、鑑識係に戻ることにした。歩きながら湯川に言う。

「おまえさんが言ったとおり、鼻っ柱が強そうなやつだな」

「妥協するってことを知らないという噂だよ」

「ふん……」

石倉は言った。「頑固さならこっちだって負けちゃいないさ」

「自分で言うか」

湯川は笑った。

やはり、埋め立て地にできた新しい警察署は、他の所轄に比べてかなり勝手が違った。盗犯関連の仕事が少ない。その代わりに、同じ第一方面本部に属する他の所轄の助っ人を仰せつかることが多かった。

その事情は、刑事課の他の部署でも変わらないようだ。強行犯係も同様らしい。第一方面本部内に捜査本部ができたりすると、捜査員が駆り出されることもしばしばだった。

その日も、東京湾臨海署の鑑識係は、月島署で起きた窃盗事件に駆けつけた。署に戻ると、持ち帰ってきた足跡や指紋などの証拠の分析に追われた。

大きな割烹で起きた事件で、被害総額が二百万円にも及んだ。単独の窃盗としてはかなり大きな事件だ。月島署の事案ではあるが、臨海署の鑑識としても腕の見せ所だ。

係員たちは、総出で証拠品の分析につとめた。

そんなとき、臨海署管内で強盗事件が起きた。

刑事課長から出動を指示された石倉はうなった。

今、強盗事件など抱え込んだら、鑑識係はパンクする。だが、そんなことを言っていられないのが鑑識だ。

いち早く駆けつけ、現場が荒らされないうちに証拠品をかき集めなければならない。公判の成否は鑑識にかかっていると言ってもいい。

石倉は係員たちに言った。

「出動だ。強盗事件だ」

湯川がうんざりした顔で言う。

「出動だって？　俺たちにそんな余裕があると思うのか」

「思わない。だが、行かなけりゃならない。それが鑑識だろう」

湯川もわかって言っているのだ。係員たちのために誰かが言わなければならない。

とにかく、動ける係員をかき集めて、石倉自ら現場に臨んだ。

現場には、地域係と機動捜査隊しかいない。救急車が来ていた。石倉は、巡査部長の階級章を付けている地域係員に尋ねた。

「被害者は負傷したのか？」

巡査部長がこたえる。

「男性のほうが、殴打されて怪我をしたようです」

「男性のほう？　どういうことだ？」

「被害者は若いカップルです。車を駐めているところを、襲撃されました」

「こんな、何もないところで、若いカップルが何をしていたんだ？」

巡査部長がにやにやと笑った。

「さあね……。ほら、このあたり、緑が多いし、対岸の都心のほうの夜景がきれいでしょう」

「そういえば、最近は車でやってくる若者が多いらしいな」

「何でも、将来、芝浦と台場にでかい吊り橋をかけるそうですよ」

「吊り橋……？」

「そうなれば、もっと若者たちがやってくるんじゃないでしょうかね」

「こんな埋め立て地に、何の用があるって言うんだ」

「世の中、日進月歩ですよ。このあたりだって、近い将来どうなるかわかりません」

そんなものかと、石倉は思った。すでに係員たちは鑑識作業を開始している。その様子を眺めながら、石倉は尋ねた。

「被害額は？」

「五万円ほどだそうです。犯人は二人。二台のバイクで逃走したそうです。二人ともフルフェイスのヘルメットをかぶっており、被害者は顔を見ていないと言っています」

　そこに、安積係長を先頭に強行犯係が到着した。

　安積係長は、石倉に小さく会釈をしてから、地域係の巡査部長に尋ねた。

「どういう状況です？」

　巡査部長が、石倉に言ったのと同じことを繰り返す。それを聞きながら、石倉はその場を離れた。

　強行犯係の連中は、周囲に散らばり、機動捜査隊員から話を聞いたり、周囲を観察したりしている。

　犯行現場と思われる、駐車している車に、彼らはまだ近づけない。鑑識作業が終わるまで、刑事が足を踏み入れることはできないのだ。

　安積が近づいてきて、石倉に言った。

「鑑識作業は、あとどれくらいかかりますか？」

　その言い方に、ちょっと苛立(いらだ)った。

「さあな」

「犯人が逃走中です。早く現場を調べて手がかりを見つける必要があります」

「だから、それを俺たちがやっているんだ」

「刑事の眼(め)が必要です」

　石倉は、かっとなった。

「我々、犯人を追う捜査員の見方が必要だということです。できるだけ早く、鑑識作業を終えてください」

「ふざけるな。おい、安積とか言ったか。人に何かを頼みたいのなら、礼を尽くすことだ。こっちはな、月島署の助っ人でてんてこ舞いなのに、駆けつけているんだ」

「それはそれ、これはこれ、でしょう」

石倉がさらに嚙みつこうと身構えたところに、湯川がやってきて告げた。

「終わったよ。入っていい」

安積係長は、再び石倉に会釈をして去っていった。

石倉は湯川に言った。

「何だよ、あの野郎は……」

「そう言いなさんな。これからいっしょにやっていかなきゃならないんだから……」

「あいつは、鑑識が自分の思い通りに動くと思ってやがるんだ。冗談じゃない。こっちにはこっちの都合があるんだ」

「そりゃそうだ。だからさ、早く帰って、分析を急いだほうがよかないか？」

湯川の言うとおりだ。すでに係員たちは撤収作業を終え、鑑識車に乗り込んでいる。

「よし、引きあげよう」

石倉も鑑識車に乗り込んだ。

2

署に帰ると、月島署から追加の遺留品やら証拠品やらが舞い込んできた。

石倉は、徹夜を覚悟した。係員たちにも徹夜の残業を強いることになる。それが心苦しかった。

夜の八時を過ぎた頃、石倉は、部屋の隅で呆然と立ち尽くしている児島健次郎に気づいた。様子がおかしい。自分の弟子とも言える児島のことは常に気にかかる。

石倉は児島に近づいて声をかけた。

「どうした？」

児島は、はっと石倉のほうを見た。戸惑っている様子だ。

「何だ？　言ってみろ」

児島は突然深々と頭を下げた。

「すいません。証拠品を紛失してしまったようです」

石倉は眉をひそめた。

それから、石倉は周囲を見回し、児島を小会議室に連れて行った。ドアを閉めると、石倉は言った。

「どういうことだ。詳しく説明してみろ」

「月島署の事案で現場から採取した指紋のシートです」

指紋はアルミの粉などを塗布して浮き上がらせ、それをゼラチン紙のシートに写し取る。

「どうして、そんなことに……」

「よくわからないんです。気がついたら、なくなっていて……」

「どういうふうに保管していたんだ？」

「分析しようとしていたところに、強盗事件の出動があって……」

「いくら現場がばたついたと言っても、証拠品を粗末に扱うなんて、鑑識としてあってはならないことだ。ましてや、なくすなんて……」

「はい……」

児島は、すっかりしょげかえっている。

鑑識としてあってはならないこと、などと言ったが、それはたてまえだ。鑑識係が急に多忙になり、個々人の能力が追いつかなかったのかもしれない。

児島ばかりを責められない。石倉はそう思った。

児島がおろおろとして言う。

「自分は、どうしていいかわからなくなって……」

俺だって、どうしていいかわからない。

石倉はそう思ったが、それをそのまま口に出すわけにはいかない。

「わかった。追って指示する」

「証拠品をなくしたとなれば、懲戒免職でしょうか」

「クビになんかさせない」

「でも……」

「いいか。誰にも言うな」

児島はおろおろと言う。

「でも、責任を取らないと……」

「責任なら俺が取る。いいから、しばらく黙っていろ」

「はい……」

「話はわかったから、行っていいぞ」

石倉に言われて、児島は一瞬どうしていいかわからない様子で立ちすくんでいたが、やがて頭を下げて、会議室を出て行った。

一人になると、石倉は近くの椅子に腰を下ろした。

指紋の一つくらい、知らんぷりをしても、なんとかなるかもしれない。

そこまで考えて石倉は、はっとした。

俺は、何ということを考えているんだ。

証拠品の紛失を誤魔化すなんて、鑑識のやることではない。それをやったとたん、鑑識の信頼は地に落ちるのだ。

正直に言うしかないか。

だが、そうすれば児島は処分を受けるだろう。弟子が処分されるなど、とうてい我慢できるものではない。

ならば、俺がかぶるか……。

これまで石倉は、鑑識としての信頼をこつこつと築き上げてきた。そして、ようやく所轄の係長になれたのだ。

係長になったばかりで処分されるのは残念でならない。家族に何と言っていいかわからない。

さて、どうしたものか……。

考え込んでいると、ノックの音が聞こえた。

「はい」

ドアが開き、児島が顔を覗かせる。石倉は尋ねた。

「何だ？　まだ何か用があるのか？」

「いえ、そうじゃなくて……。安積さんが、係長に、と……」

「安積……？」

児島が場所をあけると、戸口に安積が現れて言った。

「こんなところで何をしているんですか」

詰問口調だ。石倉はむっとした。

「どこで何をしようが、俺の勝手だろう」

「こっちは、鑑識の結果を待っているんです」

「フル稼働でやってるよ」

「早急に、犯行を裏付ける証拠が必要なんです」

「だから、やってると言ってるだろう」

「被疑者の身柄を確保しました」

　石倉は驚いた。

「なに、もう捕まえたのか……」

「犯人は、バイクで逃走したと、被害者が証言していました」

「ああ、それは知っている」

「それで、交通機動隊に協力を求めたのです」

　石倉は、さらに驚いた。

「所轄の刑事課が、本庁の交機隊に協力を求めたというのか？　それで、はい、そうですか、と交機隊が協力したのか？」

「はい」

「そいつは驚きだな」

「幸い交機隊の分駐所が臨海署と同居していますし、交機隊の小隊長に、初任科の同期がおります」

「だからって、捜査に協力するってのは、驚きだな……」

「その結果、被疑者の身柄を確保しました。しかし、二人とも犯行を認めていません。だから、証拠が必要なのです」

石倉は、眼をそらした。

「言っていることはわかるが、こっちだってキャパシティーってもんがある」

「キャパシティー……」

「そうだ。月島署管内の割烹で、窃盗事件があった。その証拠品や遺留品の分析を依頼されている。そこに、強盗事件発生だ。今日になって、追い討ちをかけるように、月島署から追加の分析依頼が届いた。俺たちはてんやわんやなんだよ」

「会議室に籠もっていたわけは……？」

「大忙しのところに、さらにアクシデントが起きてな……」

あれ、俺はなんでこんなことを話しているんだ。

石倉は不思議な思いで安積を見た。

なぜだろう。俺は話さなくていいことまで話している。

安積が尋ねた。

「アクシデントというのは、何ですか？」

「あんたには、関係ない」

「早く鑑識の結果をくれというのは、切実な要求です。何も、嫌がらせをしているわけではありません。何か事情があるというのなら、聞かせてください」

こいつは、こんな男だったろうか……。

初対面のときと、少しばかり印象が違うと、石倉は感じていた。

愛想がないことに変わりはない。最初、ぶっきらぼうなやつだと思ったが、話してみると、ただ生意気なわけではない。

彼の言葉はなぜか心に響いてくる。つい、話をしたくなる。

だが、ここで証拠品を紛失したことを話すわけにはいかない。

安積は決して不正を見逃さないだろう。そういう雰囲気を持っている。器用に融通を利かせるタイプではないのは明らかだ。

児島の失策を知ったら、安積はたちまちそれを上に伝えて、不祥事を明らかにしてしまうに違いない。

石倉は言った。

「鑑識の問題だ。証拠がほしいんだろう。ここでこうやって話をしている時間も惜しいんだ。さあ、席に戻っておとなしく待っていてくれ」

安積はさらに言った。

「困ったことがあるなら、話してください。同じ臨海署の仲間なんです」

臨海署の仲間だって……。そんな言葉に騙されてしゃべったら、取り返しのつかないことになる。

石倉がそう思ったとき、まだ戸口近くにいた児島が言った。

「自分が証拠品を紛失しました」

安積が、即座に児島のほうを見た。

ばかやろう。

石倉は、心の中で怒鳴って、舌打ちした。

安積が児島に尋ねた。

「証拠品……？　具体的には？」

「月島署の事案で採取した指紋です」

「ゼラチン紙に転写したものですね？」

「そうです」

安積は、石倉に尋ねた。

「それで、どうするおつもりだったのですか」

石倉はこたえた。

「どうもこうもねえよ。そんなことを訊いてどうするつもりだ」

「何か、対策を講じることができるのか、と思いまして」

「対策なんてあるわけねえだろう。鑑識が証拠品をなくしちまったんだ……」

安積は、児島に部屋に入ってドアを閉めるように言った。そして尋ねた。

「それに気づいたのはいつのことです？」

「つい、先ほどです。強盗事件の現場から戻った後のことです」

「強盗事件で出動する前はあったのですね？」

「はい。間違いありません」

安積は考え込んだ。

石倉は言った。

「おい、取り調べのつもりか？　あんたに児島を裁く権利はないぞ」

「裁くつもりはありません」

「なら、上に告げ口するために、あれこれ聞き出しているのか？」

「告げ口……？」

「そうだ。仲間の落ち度を報告して、点数を稼ごうっていうんだろう」

安積は、その石倉の言葉にはこたえず、児島に質問を続けた。

「紛失した指紋シートの形状や大きさを詳しく教えてください」

「縦二十センチ、横十センチのファスナー付きのビニール袋に入っています。形状は、お馴染み（なじ）のゼラチン紙です」

「なくしたのはそれだけですね？」

「それだけです」

安積はうなずいてから言った。

「いっしょに来てもらいます」

石倉はつい大声になった。

「おい、どういうつもりだ。課長か署長のところへでも連れて行くつもりか」

安積は、石倉を真っ直ぐに見つめて言った。

「あなたが今やるべきなのは、溜まっている採取物の分析を急ぐことでしょう。やるべきことをやってください」

「ふざけるな。処分されるとわかっていながら、部下を連れて行かせるわけにはいかない」

石倉を見返す安積の眼差しは、あくまでも静かだった。

その眼を見たとたん、興奮が鎮まっていった。

安積が言った。

「私に任せてください」

安積と児島が会議室を出て行くのを、石倉はただ、黙って見ているしかなかった。

3

それから、石倉は分析に専念した。係員すべてが黙々と作業を続けている。

児島のことは、もちろん気になっていた。だが、今は安積に言われたとおり、やるべきことをやるしかない。

へたに騒げば、藪蛇になる。

「おい……」

湯川がやってきて言った。「強行犯係の連中が、児島を連れて出て行ったぞ。何事だろうな……」

「児島を連れて出て行った……？」

石倉は思わず聞き返していた。

「ああ……」

「この忙しいのに、おまえはどこに行っていたんだ」

「トイレだよ。トイレから出て来たときに、見かけたんだ」

「強行犯の連中が何をしようと、俺の知ったこっちゃないな」

「児島がいっしょだったんだぞ」

「だから、俺は知らないと言ってるんだ。いいから、仕事をしろよ」

湯川は肩をすくめて自分の席に向かった。

石倉は苛立っていた。すぐにでも児島がどうなっているのか確かめに行きたい。だが、急ぎの仕事が山積みで身動きが取れない。

そこに、安積が児島を外に連れ出したという情報だ。

いったい、安積のやつは何を考えているんだ。

石倉は、心の中でさかんに毒づいていた。

あのすました顔が、どうにも気に入らない。児島をどこに連れ出しやがった。

どうして、あいつは俺にちゃんと説明しないんだ。仕事を進めようとするが、なかなか集中できない。

「石倉係長はいるかい」

誰かの声がして、石倉はそちらを見た。交機隊の制服を着た、たくましい男が立っていた。

石倉はぴんときた。

「あんた、安積係長の同期の小隊長だな？」

「そうだ。速水というんだ。あんたが石倉係長か？」

「そうだが、俺に何か用か？」

「安積のことで話がある」

「あいつは、俺の部下をどこかに連れ出したらしい」

「児島というやつが、証拠品を紛失したということだな」

石倉は顔をしかめた。

「もう署内にその話が広まっているのか。安積が触れ回っているんだな」

「そうじゃない。安積は俺だけに伝えたんだ」

「あんただけに……？　課長や署長には？」

「他には誰にも言っていない」

「いったい、どういうことなんだ……」

「あいつは、信じるに足る男だ」

「なんだ、それは……」

「言葉どおりの意味だよ」

「あんたは、強盗事件の被疑者確保に協力したらしいな」

「協力した」

「交機隊なのに、所轄の刑事課の捜査に協力したというのか？」

「やれることをやっただけだ。二人のバイク乗りを見つけて捕まえるくらい、交機隊にとっては朝飯前だからな」

「なぜだ」

「なぜ？」

「なぜ、安積のためにそこまでする？」

「あいつは信頼できるからだ」

「まあ、あんたらは同期だからな。同期というのは、そういうものかもしれない」

「それだけじゃない。いずれわかるだろう。だから、心配することはない。それを言いに来たんだ」

「そんなことを言われても、安心はできないな」

「安積に任せておけばいい。じゃあな」

速水小隊長は、その場を去って行った。

石倉は、ぽかんとその後ろ姿を見ていた。湯川がやってきて尋ねた。

「今のは、いったい何だ?」

「さあな……」

石倉は言った。「どうやら、この臨海署には妙なやつが集まっているようだな」

やはり、鑑識の分析作業は遅くまで続いた。石倉は何度か時計を見た。

児島が戻ってきたのは、午後十時を過ぎた頃だ。出かけてから、たっぷり二時間は経(た)っていた。

安積係長がいっしょだった。

石倉は児島に尋ねた。

「いったい、どこに行ってやがった」

児島は恐縮した様子で言った。

「すいません」

「謝らなくていいから、どこにいたのか説明しろ」

児島の背後に立つ安積は無言だ。

児島が鞄(かばん)から大切そうに何かを取り出した。証拠品を入れるジッパー付きのビニール袋だ。中に指紋を転写するゼラチン紙が入っているのが見える。

石倉は眉をひそめた。

「もしかして、これはおまえがなくしたと言っていた指紋か？」

「そうです」

「どういうことだ？　どこかから出てきたということか？」

「ええ」

「見つかったのなら、それでいいが、どうして安積係長がいっしょにいるんだ？」

児島が言った。

「安積係長は、必要はないと言ったのですが、自分がぜひいっしょに来てほしいと頼んだのです」

石倉は訳がわからず、児島と安積を交互に見た。安積は、相変わらず静かな眼差しだ。

「だから、どうして安積係長が……」

児島がこたえて言った。

「安積係長たちが、この証拠品を見つけてくれたんです」

「安積が……？」

石倉は思わず聞き返した。

ますます訳がわからない。

児島が説明した。

「安積係長だけじゃありません。強行犯係全員で探してくれたんです」

石倉は一瞬、唖然（あぜん）とした。

「何だって……。おまえがなくしたものを、強行犯係が探してくれたってのか？」

「そういうことです」

石倉は安積を見た。安積は、ばつの悪そうな顔をしている。

「どこにあったんだ？」

児島がこたえる。

「強盗の現場です。被害者の車が駐車してあったあたりに落ちていました」

「なんで、そんなところに……」

「分析中に強盗事件での出動がかかったので、つい持ち出してしまったようです。鑑識機材に紛れ込んでいたのだと思います」

「不注意だな。鑑識失格だぞ」

「申し訳ありません」

「だがまあ、個々人のキャパシティーを超える仕事量だったことは間違いない。おまえだけを責めるわけにはいかない」

児島は、頭を垂れた。

石倉は、安積に言った。

「児島を連れ出したのは、証拠品を探すためだったんだな？」

「そうです」

「児島に、なくしたときの状況を詳しく尋ねたのは、手がかりを探すためか？」

「はい。失せ物の捜査は、犯罪の捜査と同じです。状況を聞き、当たりをつけ、丹念に探せば必ず見つかると思いました」

「礼を言わなきゃならないな」

「その必要はありません」

「まあ、見つかったからいいというもんじゃない。児島が大切な証拠品をなくしたことは事実なんだ。課長に報告して処分を待たなくちゃならない」

安積の手前、厳格なところを見せておかなければならないと石倉は思い、そう言った。なめられるわけにはいかない。

すると、安積は言った。

「それも必要ないでしょう」

石倉は、安積を見つめた。安積がほほえんだ。すると、印象が一変した。人懐こい笑顔だった。

それで、石倉はようやく気づいた。

安積は、ぶっきらぼうだが、それは単に照れ屋でひかえめなだけなのかもしれない。他人とべたべたするのが嫌いなのだろう。

石倉は尋ねた。

「必要ないって、どういうことだ」

「証拠品はすぐに見つかりました。児島の手を離れたのは、ごく短時間でした。そして、その事実を知っているのは、石倉係長と児島と私ら強行犯係の者だけです」

「速水小隊長もいる」

「ああ、あいつは口が固いからだいじょうぶです」

「あいつのことを信頼しているんだな」

「信頼しています」

これほど迷いもなく言ってのけるやつも珍しい。

「知っているのが少人数だから、もみ消してもいいと言うのか？」

「紛失したのならもみ消すわけにはいきません。でも、証拠品は見つかったのです」

「あんたらが、見つけてくれたんだ」

その石倉の言葉を受けて、児島が言った。

「強行犯係の人たちが全員で、文字通り地を這うようにして探してくれました」

石倉は安積に尋ねた。

「なぜだ？」

「出動する直前まで分析をしていたのですよね。児島は、鑑識車に乗り込んで現場にやってきた。そして、引きあげたときに証拠品がないことに気づいた。落ちている可能性があるのは、鑑識車の中と強盗の現場です。私はそう推理しました」

「いや、そんなことを訊いているんじゃない。児島が証拠品をなくしたというのは、鑑識の問題なんだ。なぜ、強行犯係のあんたらが探したのか知りたいんだ」

「理由はありません。同じ臨海署の仲間が困っているのだから、協力するのは当たり前のことでしょう」

「どうやら、本気で言っているようだな」

「もちろん、本気です」

「鼻っ柱の強いやつだと聞いていたが、どうやらちょっと意味が違ったようだな」

安積は笑みを浮かべたまま言った。

「鼻っ柱は強いかもしれませんよ」

「ただ、闇雲（やみくも）に突っ張っているわけではなさそうだ」

「どうでしょう」

「落とし場所を推理して、虱潰し（しらみつぶ）に探し、見つけ出すなんざあ、さすが刑事だな」

石倉はふと考え込んだ。「だが、本当に上に報告しなくていいものか……」

「係長の裁量でいいと思います」

その言葉について、またしばらく考えてみた。

やがて、石倉は言った。

「わかった。児島にはしっかり反省をうながす。それでいいな」

「いいと思います」

「じゃあ、俺たちは分析を急ぐ。待ってるんだろう」

「ええ」

安積が言った。「なくした証拠品を探したのは、仕事に専念してもらって早く分析結果を出してもらいたいからでもあります」

「任せろ」

「お願いします」

安積は、会釈をしてその場を去っていった。

彼がいなくなると、石倉は鑑識係員たちに言った。

「おい、月島署からの分析依頼は後回しだ。強行犯係の仕事が先だ」

湯川が言った。

「いいのか？　依頼が来たのは月島署が先だぞ」

「いいんだよ」

石倉は言った。「俺たちは、臨海署の鑑識なんだ」


現場に残っていた指紋と、バイクのタイヤ跡、そして、靴跡などの証拠品の分析結果を強行犯係に届けた。

それをもとにして取り調べを進めたところ、二人の被疑者は罪を認めたということだ。

無事に送検を済ませたようだ。

廊下で安積を見かけたので、石倉は言った。

「一件落着のようだな」

「はい」

「俺たち鑑識のおかげだということを忘れるな」

「仕事は常に迅速にお願いします」

「生意気なやつだな」

「言うだけのことはするつもりです」

石倉は笑った。やはり、鼻っ柱が強い。

「失礼します」

安積は、会釈をすると、石倉の脇を通り過ぎていく。振り返り、その後ろ姿を見て、石倉は思った。

こいつをできるだけバックアップしてやろう。

児島を助けてくれた恩義がある。だが、それだけではない。

安積は、間違いなく東京湾臨海署を背負って立つ男になるはずだ。そういう思いがあった。

安積からの仕事の依頼は、いつでも最優先だ。石倉は、密かにそう心に決めていた。

視野

1

今日やってくる新任の係長は、どうやら須田三郎巡査部長とは旧知の仲のようだった。目黒署で組んでいたことがあるという。

大橋武夫巡査は、厳しい上司はごめんだと思っていた。あまりやる気があるのも困る。どちらの場合も、仕事がきつくなるからだ。そうでなくても、東京湾臨海署、通称ベイエリア分署に配属になってからの数ヵ月は、かなりきつかった。組んでいる村雨秋彦巡査部長のせいだった。村雨は今のところ、係では一番年上だ。若い大橋と組んでいるのは、教育係を兼ねてのことだった。係で一番若いのは、桜井太一郎巡査だが、彼はこれからやってくる係長に付くことになっている。

この数ヵ月は、村雨が大橋と桜井の二人の面倒を見ていた。ベイエリア分署が新設されてから、刑事課強行犯係の係長は不在だった。刑事課長が兼任しており、実質的な係長の役は村雨が果たしていた。

彼は厳しい先輩だ。刑事はこうあらねばならない、という確固とした理念を持っており、それに従って大橋と桜井を指導する。

おかげで、配属以来気が休まることがなかった。

「今度来る、安積という係長は、どんな人ですか？」

桜井が須田にそっと尋ねている。それが大橋の耳にも入った。

須田がこたえる。

「うーん。そうだなあ。熱い人だよ」

「熱い人、ですか……」

「そして、厳しい人だ」

桜井が顔をしかめる。

「厳しいのは、嫌だなあ……」

大橋も同感だった。一番割を食うのは、若い大橋と桜井だ。

須田がにやにや笑いながら、さらに言った。

「厳しいと言ってもね、ちょっと違うんだ」

「違うって、何がどう違うんです？」

「チョウさん……、いや、安積係長は、自分に厳しいんだ。他人には優しい」

「へえ、そんな都合のいい人、本当にいるんですかね」

「いるよ。会ってみればわかる」

須田と組んでいる、黒木和也も、大橋同様に無言でその会話を聞いていた。

須田の話を額面通り受け取るわけにはいかないと、大橋は思っていた。熱くて厳しい人なら、きっと今より忙しくなるはずだ。

上司がやる気まんまんだと、下っ端は必ず迷惑を被る。

そんなことを思っていると、席を外していた村雨が戻ってきた。男がいっしょだった。

その人物は、地味な背広を着ていた。特に強い印象があるわけではない。

村雨が言った。

「紹介する。安積剛志係長だ」

黒木が真っ先に立ち上がった。次が桜井だった。大橋も慌てて立ち上がる。最後は、須田だった。彼は椅子をがちゃがちゃ言わせて、見るからに不器用そうに起立した。

「安積です」

新係長が言った。「よろしくお願いします」

物腰が柔らかい。それが大橋の第一印象だった。

それから、安積係長は全員に着席を促した。自分も係長席に収まると、須田に声をかける。

「ここでいっしょになるとは思わなかったな」

須田がこたえる。

「またよろしくお願いします、チョウさん」

それを聞いた村雨が言った。

「おい、須田。チョウさんはまずいだろう。係長だぞ」

「あ、そうだね……」

安積は笑顔を見せた。

「俺は別にかまわないよ」

その瞬間に印象が一変したと、大橋は感じた。ずいぶんと人懐こい表情だった。

村雨が言った。

「そうはいきません。けじめは大切です」

安積はそれに対して何も言わなかった。

村雨はこの数ヵ月、係長役だった。そこへ上司が現れた。もしかしたら、村雨は面白くないのかもしれない。

村雨の機嫌が悪いと、組んでいる自分がとばっちりを食う。迷惑な話だと大橋は思った。

その日から、強行犯係は安積班などと呼ばれるようになった。殺人、強盗、放火、強姦などの凶悪事件を扱う強行犯係だが、管内ではそうした事件は少ない。

ならば暇かというと、そんなことはない。近隣の署から助っ人を頼まれることが多いのだ。忙しいが実績にはならない。そんな日々が続いた。

安積係長がどんな人物なのか、まだ本当のところはわからないと、大橋は感じていた。

実際、とらえどころのない人物だった。

須田は、熱い人だと言ったが、決してやる気を前面に出すタイプではない。どちらかというと、おとなしいほうだった。

自ら進んで発言することも少なく、部下たちの話に耳を傾けることが多かった。

何を考えているのかわからないので、不気味だった。

ただ、仕事が以前より楽になったように感じ、大橋はそれが意外だった。もしかしたら、安積係長がやってきたことで、よけいに忙しくなるのではないかと危惧していたからだ。

安積係長が、村雨を牽制しているからかもしれない。村雨は、かつて大橋と桜井をこき使っていたが、安積係長が来てから、そういう場面が減ったのだ。

だが、まだ安心はできない。安積係長がまだ本領を発揮していないだけかもしれない。大橋はそう思い、警戒を解いていなかった。

「鑑識係は、月島署の窃盗事件に駆り出されているみたいですよ」

桜井が大橋に言った。「大きな割烹が盗みに入られたようで、被害総額は二百万円にのぼるそうです」

安積係長とほぼ同じ時期に、鑑識係長が赴任してきた。石倉進という名だった。

鑑識係も、強行犯係同様に、近隣署の助っ人に駆り出されている様子だった。臨海署があるお台場の施設といえば、船の科学館くらいで、ほとんど人が来ることもない。犯罪も少ないのだ。

警視庁本部所属の交通機動隊と高速道路交通警察隊の分駐所が同居しており、彼らのほうがはるかに目立っている。

大橋は桜井に言った。

「よその仕事をしているときに、管内で事件が起きたら、えらいことだな」

それが現実となった。

管内で起きた強盗事件を知らせる無線が入った。

「行くぞ」

係長が言い、安積班が全員で現場に向かった。


メタリックグレーのセダンが陽光を受けて光っていた。その周辺で、紺色の出動服を着た人たちが動き回っている。鑑識係員たちだろう。

「鑑識作業が終わるまで待ちぼうけですね」

村雨が言い、安積が無言でうなずいた。

須田が言った。

「地域係と、機捜がいますね。彼らに話を聞いてみますか」

安積がこたえる。

「そうしてくれ」

須田と黒木が機動捜査隊員たちに、そして、村雨と大橋が、地域係員に話を聞くことにした。

村雨が、巡査部長の階級章を付けた地域係員に声をかける。まだ署ができて間もないので、親しくはないようだ。大橋もその巡査部長を知らなかった。

「最初に駆けつけたのは、あんたらだね？」

巡査部長がうなずく。

「そうだ。到着して間もなく、機捜が来て、その後、鑑識がやってきた」

「経緯は？」

「カップルがここに車を駐めていた。そこに犯人がやってきて、二人を脅して金を盗んだ。被害者のうち、男性のほうが殴られて軽い怪我をした」

「被害者は？」

「病院に運んだ。怪我をしているので、医者の診断が必要だ」

村雨がうなずいた。大橋にも、その理由はわかった。医者が「全治二週間」とか、ちゃんと診断を下してくれないと、記者発表ができないのだ。

「二人とも病院か？」

「そう。女は付き添いだが、念のため診察を受けるだろう」

「性的暴行は？」

「ない、と被害者は言っている」

「犯人の顔は見ていないのか？」

「フルフェイスのヘルメットをかぶっていたので、顔を見ていないということだ」

「フルフェイスのヘルメット……？」

「犯人は二人組で、バイクに乗っていたということだ」

「服装やバイクの色は？」

「機捜が話を聞いているはずだよ」

村雨がうなずいた。

おそらく、機捜隊員のところにいっている須田と黒木が聞き出してくるはずだ。

村雨が大橋に言った。

「係長のところに戻ろう」

「はい」

先ほど安積たちがいた場所には、桜井だけが立っている。大橋は安積の姿を探した。

いた。安積は、石倉鑑識係長と何か話をしている。大橋は言った。

「安積係長と石倉鑑識係長は、何の話をしているんでしょう。あまり、友好的とは言えませんが……」

村雨はしばらくそちらを見ていたが、やがて言った。

「まさか、しびれを切らして、鑑識作業を急(せ)かしたんじゃないだろうな。鑑識に文句を言うのは御法度(ごはっと)だぞ……」

もしそうだとしたら、安積は思いの外気が短いということになる。

石倉は、明らかに腹を立てている様子だ。村雨が言ったとおり、鑑識を怒らせて得になることは一つもない。彼らが機嫌を損ねたら、仕事が後回しにされたりする。

いったい、安積係長は何を考えているのだろうと、大橋は思っていた。

やがて、ベテラン鑑識係員が石倉係長と安積係長に声をかけた。

「終わったよ。入っていい」

それを聞いて村雨が大橋に言った。

「行こう」

須田と黒木も戻ってきて、強行犯係全員が、駐車している被害者の車の周りに集まった。アスファルトに、いくつかタイヤ跡が残っている。バイクのタイヤ跡のようだ。

須田が言った。

「犯人はバイクに乗っていたということですから、これ、犯人が残していった跡のようですね」

安積係長がうなずいた。

「鑑識係が分析の結果を出してくれる」

村雨が安積に尋ねた。

「鑑識係長と何を話していたんです？」

安積がこたえた。

「できるだけ早く、刑事の眼(め)で現場を見る必要がある。そう言ったんだ」

「それは、言わずもがな、ですね。向こうは何と言ってましたか？」

「ふざけるな、と言われた。なんでも、月島署の助っ人でてんてこ舞いなんだそうだ」

「鑑識を怒らせちゃだめですよ」

「怒るかどうかは、向こうの自由だ。俺は、言うべきこと、言いたいことは、はっきり言う」

村雨は、ちょっと驚いたように安積を見た。大橋も驚いていた。この係長は、なんと大人げがないのだろう。そう思った。

おそらく、村雨も同じことを感じているに違いない。

「被害者の二人は、こんなところで何をしていたのだろう」

安積が独り言のように言った。

それにこたえたのは須田だった。

「チョウさん、いや、係長、あっちを見てください」

安積は、須田が指さしたほうに眼をやる。大橋もつられてそちらを見ていた。

「ほう……」

安積が声を洩らす。

対岸は、東京都心の方角だ。東京タワーが見えている。建ち並ぶビルが夕日に染まっている。

須田が言う。

「カップルは、ここに車を駐めて、夜景を眺めるんです」

安積が言った。

「お台場にやってきて、初めて悪くないと思った」

何もないお台場だが、たしかにその景色は美しい。大橋もそう思っていた。

警察署に引きあげたのは、日勤の終業時間の後だった。事件が起きると、こうなるのは刑事にとっては当たり前のことだ。

いつになったら帰れるのか、見当もつかない。

安積が須田に尋ねた。

「逃走した犯人について、機捜が被害者から話を聞いたということだが……」

須田はまるで突然先生に指名された小学生のように慌てている。目黒署でも組んでいたというのに、どうして慌てるのだろう。

大橋は疑問に思った。今回だけではない。須田の反応は、なぜか戯画化されているというか、ステレオタイプに思える。

まるで、指名されたときはそういう反応をしなければならないと、決めているような気がした。

「ええと……。ええ、そうですね。被害者から供述を得たという機捜隊員から話を聞きました。犯人は二人。いずれもフルフェイスのヘルメットをかぶっていたので、人相は見ていないということです」

「その二人の服装やバイクの特徴は？」

「二人とも黒っぽい服を着ていたということです。たぶん、ライダージャケットだろうと……。肘とか肩とか背中とかにプロテクターが入ったジャンパースタイルのジャケットです。バイクは、両方ともレーサータイプだったということです。カウルの色が、一つは赤で、一つは黄色です」

「わかった」

安積は、机上の電話に手を伸ばし、受話器を持ち上げた。内線電話をかけたようだ。

相手が出ると、彼は言った。

「すまんが、こちらへ来てくれないか」

それからしばらく相手の話を聞く。再び言葉を発する。

「当番なのは知っている。だから電話したんだ。手の空いているときでいいから、頼む」

安積が受話器を置いて、約十分後、交機隊の制服を着た精悍な男が、強行犯係を訪ねてきた。

「何の用だ、係長」

「手を貸してほしい」

「何に？」

「強盗事件の犯人が、バイクに乗って逃走したらしい」

安積はそう言ってから、被害者の目撃情報を、交機隊の制服を着た男に告げた。捜査情報を部外者に伝えるのか。しかも相手は、臨海署ではなく、警視庁本部所属だ。大橋は驚き、怪訝に思っていた。

話を聞き終わると交機隊の制服の男が言った。

「それで、どうして俺が手を貸さなければならないんだ？」

安積が平然とこたえる。

「おまえなら、二人のバイク乗りを見つけられるかもしれないと思ったからだ」

「もちろん、見つけられる。交機隊は何でもできる」

「じゃあ、頼む」

「俺を頼りにしているということだな？」

「そうだ」

「わかった」

その間、係員たちは一様に、あっけにとられたように二人のやり取りを見つめていた。

その視線に気づいた様子の交機隊の制服が言った。

「速水小隊長ってモンだ。覚えておいてくれ。安積係長とは、初任科で同期だった」

そして、速水は悠々と去って行った。

二名の被疑者を発見したという知らせが届いたのは、それからほどなくのことだった。

2

「間違いなく、目撃された二人なんですか？」

村雨が半信半疑の様子で尋ねた。安積係長がこたえた。

「交機隊員が、不審なバイクということでチェックしていたそうだ。ライダーの服装やカウルの色が、目撃証言と一致する。とにかく、手分けして行ってみよう」

安積班と村雨班の二手に分かれて、交機隊から情報提供があった二人のもとに向かった。

安積班のメンバーは、須田と黒木、村雨班は、大橋と桜井だ。

その結果、すみやかに二人の身柄を押さえることができた。

事情を聞いたが、二人とも犯行を否認していた。たしかに、彼らが所持していたバイクは、目撃情報と一致するし、アリバイもない。そして、交機隊員たちが彼らの行動を不審に思っていたという事実がある。

だが、決定的な証拠がなかった。

取り調べから戻った村雨が安積係長に言った。

「状況から見て、彼らがホシです。でも、証拠がないと落とせないですね」

安積係長が立ち上がった。

「鑑識に、分析を急ぐよう、頼んでみよう」

警視庁本部や大きな警察署だと、鑑識受付があるのだが、臨海署は規模が小さく、まだできたばかりなので、特別な受付などはない。

安積係長は、鑑識係の島に行き、係員の一人に声をかけた。石倉が席にいないので、どこにいるか尋ねているのだろう。刑事課のフロアはそれほど広くはないので、その様子が大橋の席からも見えていた。

鑑識係員は、小会議室の前に安積を連れていった。ドアをノックしてしばらくすると、戸口に石倉係長が姿を見せた。

安積係長と石倉係長が何事か話を始める。やはり、険悪な雰囲気だ。石倉係長が安積に嚙(か)みついている様子だ。一方の安積は無表情だ。

二人のそばに、安積を案内した鑑識係員が立っている。なぜだか彼はいたたまれないような表情をしている。

そのうちに、その鑑識係員が何か言った。

それからしばらく、三人は小会議室の扉を閉めて中で何事か話し合っていたが、やがて安積が鑑識係員を連れて、強行犯係に戻って来た。

村雨をはじめとして、強行犯係員たちは何事かと、その鑑識係員を見つめていた。

安積が係長席で立ったまま言った。

「彼は、鑑識係の児島だ。月島署の事案で採取した証拠品を紛失したそうだ。ビニール袋に入った指紋シートだ。それを探そうと思う」

村雨が眉をひそめて言った。

「それ、どういうことです？」

「強行犯係が、証拠品の捜索をするということだ」

係員たちは顔を見合った。みんな怪訝そうな顔をしている。大橋も訳がわからなかった。

みんなの気持ちを代表するように、村雨が安積に尋ねた。

「鑑識係が紛失したものを、どうして強行犯係の我々が探さなければならないのですか?」

「理由は、三つ。まず第一に、証拠品紛失のアクシデントで、証拠分析が遅れるかもしれない。証拠が来なければ、被疑者を落とすことができない。だからその障害をできるだけすみやかに排除したい。第二に、俺たちは捜査のプロだ。つまり捜し物には慣れているんだ。そして、第三の理由。鑑識係だ強行犯係だと言う前に、同じ臨海署の仲間だ。困ったときはお互い様だ」

村雨はさらに言う。

「しかし、我々だってやることが山積しているんです」

「取り調べは膠着状態だ。ここは、鑑識係に協力して、彼らの作業の円滑化を図ったほうがいい」

そのとき、須田が言った。

「そうですね。それが一番合理的でしょう。それに、鑑識に恩を売っておいて損はないですよ」

それに対して、村雨は何も言わなかった。納得したわけではないが、これ以上反対する理由はないと考えたのだろう。

安積は腰を下ろして、鑑識係の児島に尋ねた。

「証拠品は、どのような形状をしている？」

「縦二十センチ、横十センチの、ファスナー付きのビニール袋に入った指紋採取用のゼラチン紙のシートです」

「最後に見たのは？」

「強盗事件で出動する直前です」

「どこで？」

「分析室です。机の上にありました」

「今はそこにはないんだな？」

「何度も確かめました。ありません」

「衣服のポケットとかは？」

「それも繰り返し調べました」

安積が考え込んだ。

須田が尋ねた。

「出動のときに持ち出す道具とかはどこに置いてあったんだ？」

「大きなものは、鑑識車に積んであったり、係の棚にあったりしますが、指紋採取キットとかカメラとか個人用の装備は分析室のいつも使う机に置いてあります」

「それに証拠品が紛れ込むことは？」

「可能性はあります。ですから、装備の中も探しました」

「須田」

安積係長が尋ねた。「どこにあると思う？」

須田がいかにも難しい問題を考えている、という険しい顔をしてこたえる。

「分析室の机にあったというのが、勘違いで、どこか別のところで見たのかもしれません」

するると、児島はきっぱりとかぶりを振った。

「いいえ。間違いありません。そこで分析をしようとしていた矢先に、出動がかかったので……」

須田が尋ねた。

「分析をしようとしているときに、出動……？　そのとき、その指紋シートはどうしたんだい？」

「慌ただしく出動したので、覚えていないんです」

「個人用の装備の中にはなかったんだね？」

「ありませんでした。間違いありません」

須田が、安積に言った。

「最後に見たのは、分析室の机の上。でも、そこにはない。個人装備の中にも、衣類のポケットにもない……。つまり、署内にはないということですね」

「ではどこにあるのだろう」

「児島が行動した経路のどこかにありますね。可能性としては、鑑識車の中か強盗事件の現場ですね。個人用の装備か何かに紛れ込んで、さらにそこから落ちたんじゃないでしょうか」

安積が言った。

「村雨、おまえはどう思う？」

「須田と同意見ですね。誰かが持ち去ったのでなければ、鑑識車の中か現場に落ちているでしょう」

安積はうなずいてから、さらに村雨に尋ねた。

「これから、全員で現場に行って指紋シートを探そうと思うが、それについて、おまえは反対かもしれないな」

村雨は、一瞬言葉に詰まったが、すぐにはっきりとした口調で言った。

「係長の指示に従います。そして、やるからには、刑事の実力を発揮しますよ」

安積係長が言った。

「では、でかけよう」

見つからなかったら、無駄足ではないか。証拠品の紛失は、鑑識係の責任だ。それをなんで俺たちが探し回らなければならないんだ。

大橋はそんなことを考えていた。

村雨は、明らかに反対の様子だった。だから安積係長は、あえて村雨にそのことを尋ねたのだろう。

だが、村雨は結局、安積の言いなりになった。普段偉そうなことを言っている村雨も、結局は上司には逆らえないんだ。

大橋は、失望感を覚えた。

現場に到着すると、安積係長が言った。

「規制線が張られたままだ。現場が保存されたままだから、ここに落としたとしたらまだ残っているはずだ」

捜査員たちは一斉に捜索を始めた。強盗の被害者の車があった場所を中心に鑑識活動をやったはずなので、まずそのあたりから探しはじめる。

舗装された車道のすぐ脇は草むらだ。風に吹かれて、その草むらに飛ばされでもしたら、見つかるはずはない。大橋はそんなことを考えながら、捜索に加わっていた。

だが、大橋の予想は間違っていた。探しはじめて、十分も経たないのに、須田が大声を上げた。

「あった！」

須田は、道路脇の草むらを、文字通り「草の根を分ける」ようにして探していた。真っ先に須田のもとに駆けつけたのは児島だった。その次が安積係長だ。

安積係長が児島に確認をした。

「これで間違いないか?」

「間違いありません」

児島は、心からほっとした顔をしている。それから、彼は深々と安積に頭を下げた。

「ありがとうございます。まさか、強行犯係のみなさんが、探してくれるとは思ってもいませんでした」

安積がこたえる。

「君のためだけじゃない。我々のためでもあった。これで、鑑識の分析作業がはかどるだろうからな」

それから、児島は係員一人ひとりに頭を下げた。

まんざら、悪い気分じゃないな。

その児島の姿を見て、大橋はそう思っていた。

3

署に戻ったのは午後十時過ぎだった。

児島が安積に言った。

「石倉係長に報告するので、ぜひいっしょにいらしてください」

安積係長が言う。

「いや、その必要はない」

「来ていただきたいんです。お願いします」

児島に押し切られる形で、安積係長が鑑識係に向かった。

大橋は妙に気分が高揚しているのに気づいた。なぜだろう。どうやら、係の他のみんなも同様だ。

自分たちは、鑑識係の失策の穴埋めをしただけだ。気分が高まる理由がわからない。一人首を捻っていると、そこに刑事課長がやってきたので、大橋は驚いた。

課長はまだ残っていたのか……。

安積が席にいないので、村雨に言った。

「強盗の件で、二人の市民を拘束しているということだが……」

「はい」

村雨がこたえた。「事実上の被疑者です」

「だが、逮捕したわけじゃないんだろう。任意同行のまま拘束しているのは問題だ。すぐに釈放しろ」

「何か証拠を突きつければ、自白すると思います」

「……ということは、まだ突きつけられるような証拠がないということだろう。証拠がないのなら拘束することはできない」

「それはそうですが……」

「いいか。違法捜査だと、もし犯人だとしても罪に問えなくなるんだ。そこんところを、よく考えろ」

「わかりました」

課長は、どこかに去っていった。

村雨が難しい顔をしている。事実上の被疑者である二人を釈放すべきかどうか、考えているのだろう。

そこに安積が戻ってきた。

村雨が言った。

「今、課長が来て、二人をすぐに釈放しろ、と……」

「そうか」

村雨は眉をひそめた。

「そうかって……。どうするおつもりです?」

「待つさ」

「待つ……? 何を……?」

「鑑識係が証拠を持ってきてくれるのを、だ」

「違法捜査だと言われます」

「今釈放しても同じことだろう。あと一時間、いや、三十分の辛抱だ」

村雨がうなずいた。

「わかりました」

おや、と大橋は思った。ずいぶんあっさりと引き下がったな……。そう感じたのだ。

村雨は杓子定規(しゃくしじょうぎ)なほど規則にうるさい。当然、違法捜査にも神経質なくらい気を配るはずだ。

課長に、刑訴法に関(かか)わる問題点を指摘されたら、決して無視はできない。それが村雨だ。

そして、安積係長が来るまでは、強行犯係長を兼務している課長と、事実上の係長だった村雨は、いわばツーカーの仲だったはずだ。

村雨は、安積係長の誤りを指摘すべきだ。

大橋はそう思っていた。

係長に逆らってでも、正しいと信じることを主張すべきだ、と。

だが、村雨はおとなしく安積係長に従った。それが大橋には不思議だったし、納得できないと感じた。

村雨が言わないのなら、俺が言ってやろうか。

大橋がそんなことを思っていると、石倉係長がやってきた。強行犯係の全員が彼に注目した。

安積係長が尋ねた。

「どうです？」

「大急ぎでやったよ。現場に残っていた指紋と、バイクのタイヤ跡、靴跡を分析した。身柄を押さえている二人のものと一致した」

鑑識係長直々に伝えに来たことに、大橋は驚いていた。そして、感じていた。何かが変わりつつある、と。

強行犯係総出で、児島がなくした指紋シートを捜索し、それを発見してから、刑事課の中に変化があったように感じたのだ。

村雨にも変化があったし、石倉係長も変わった。

それがどういうことなのか、大橋にはまだ理解できていなかった。ただ、その変化を肌で感じただけだった。

安積係長が石倉係長に言った。

「ありがとうございます。助かりました」

「俺たちはやることをやった。今度はあんたらの番だ」

「わかっています」

すぐに身柄を拘束している二人の尋問を再開した。一人を安積と桜井が担当し、もう一人を村雨と大橋が担当した。

彼らは犯行を否認しつづけていたが、実は、もう一押しで落ちる段階だったのだ。だから、村雨が鑑識係の分析結果を突きつけたら、一人はすぐに自白を始めた。それを、安積係長に知らせると、じきに、もう一人も自白したということだった。

二人を正式に逮捕して、送検の手続きに入れる。課長もこれで満足だろう。

指紋シートを発見してからずっと続いていた高揚感が、確固とした充足感に変わった。事件が解決するたびに、充足感や達成感はある。だが、今回は少しいつもとは違っているような気がした。

それがなぜなのかわからない。だから、明らかにする必要がある。大橋はそう感じていた。

それから、三日間は大きな事件もなく、比較的平穏な日々が続いた。日常の中にいると、安積係長が来る前と何も変わっていないように見える。

大橋は、村雨からあれこれと細かく指導される。安積はどちらかというと放任主義らしく、自分よりのびのびしているように見える桜井が、大橋はちょっとうらやましかった。

須田は相変わらず、黒木と比較されて、太り気味で動きが鈍いことばかり周囲から指摘されている。

しかし、たしかに強行犯係は変わった。それに影響されて、刑事課の雰囲気も変わった。須田は安積が来てから、存在感を増したように感じられる。ただののろまではなくなったのだ。

村雨は、かつてほど規則とか規律とかにうるさくなくなった気がした。

だが、それだけではない。いったい、何がどう変わったのだろう。それが気になり、この三日間ずっとそれを考えていた。村雨はどう感じているだろう。二人で出かけた折に、尋ねてみることにした。

「あの……。ちょっと訊いていいですか？」

村雨は真っ直ぐ前を見て歩きながら聞き返す。

「何だ？」

「うちの係、なんだか雰囲気が変わりましたよね」

「そりゃあ、新しい係長が来たんだから、変わるだろう」

「それはそうなんですが……」

大橋は、どう質問していいのかわからなくなった。係長が来たから雰囲気が変わる。それはごく当たり前のことだ。だが、大橋が訊きたいのはそういうことではない。

では、何が訊きたいのか。それが判然としない。

しばらく黙っていると、村雨が言った。

「あのときから変わったと感じたんだろう」

「あのとき……？」

「鑑識の児島がなくした指紋シートを探して見つけたときからだ」

「あ、そうです。そうなんです」

「俺も変わったと感じた。いや、変えられたと感じたんだ」

「変えられた……？　安積係長に、村雨さんが、ですか？」

「そうだ」

「何を、どういうふうに変えられたんですか？」

村雨はしばらく考えていた。どう説明すればいいか、言葉を選んでいる様子だった。やがて、彼は言った。

「視野が広くなった。そんな感じだな」

「視野が……」

「俺は強行犯係としての立場にこだわっていた。ずっと係長の代理のようなことをやっていたからな。それでいいと思っていた。だから、鑑識係のことなど放っておけばいいと考えていたんだ」

「はい。自分もそうでした」

「だがな、安積係長は、もう一段上を見ていたんだ。つまり、あのとき鑑識係を助けることで、強行犯係を助けることにもなる、と……」

「はあ……」

「鑑識係の失策を、彼らの責任だと突っぱねていたら、分析は遅くなり、身柄を押さえていた二人を落とすことはできなかっただろう。課長が言うとおり、あれ以上の拘束は無理だった」

「そうですね」

「安積係長は、なくした指紋シートを強行犯係が探すという方法で、それをすべて打開した」

「そういうことになりますね」

「そして、それは決して計算ではなかった。係長はあくまで、児島を助けようとしたんだ。臨海署の仲間を助けようとしたことで、膠着した状況を打開したんだ。俺は感心した。いや、感動した。こんなやり方があったんだ、と……」

こんなことを言う村雨は初めてだった。

その事実に、大橋は心を打たれていた。

あのとき感じた高揚感は、そういうことだったのか。大橋は理解した。

臨海署の仲間としての連帯感であり共感だったのだ。自分の係や課を大切にするあまりよそと反目し合っていては、解決できるものもできなくなる。大切なのは協力し合うことだ。安積はそれを行動で示したのだ。

村雨が言った。

「係長のやり方には、学ぶべきものがあると思う」

その言葉で、大橋の視野も広がり、明るくなっていく気がした。

消失

1

「ウチコミですか」

須田が目を丸くして言った。

安積係長がうなずいて言う。

「そうだ。三田（みた）署の事案だが、第一方面本部からの指示で、応援に行くことになった」

それを聞いた村雨は、思わず言っていた。

「またですか。ウチコミの助っ人（すけっと）なら、機捜（きそう）あたりがやればいいじゃないですか」

ウチコミというのは、身柄確保を視野に入れた家宅捜索のことだ。

逮捕令状、または捜索・差押（さしおさえ）令状をたずさえて、捜査員たちが被疑者宅などを訪ねていく。捜索・差押の場合は正式には許可状だが、慣例的に令状と呼ばれている。

また、逮捕の際の捜索・差押等は、令状が必要ないと法律で定められている。

「機捜も来る」

安積係長はそっけなく言った。

村雨は、余計なことを言ってしまったかもしれないと思った。

機捜、つまり機動捜査隊は、初動捜査に駆けつけるのが主な役割だが、人手が必要なときなどに駆り出されることも多い。

文字通り機動性を持った捜査員たちなのだが、勢い便利に使われて、雑用を言いつけられる。まあ、それも仕方がないことだと、村雨は思っている。機動捜査隊員は若手が多く、今のうちに苦労をしておくべきなのだ。それが村雨の考えだ。

別に助っ人に行くのが嫌なわけではない。だが、お台場に新しくできた東京湾臨海署、通称「ベイエリア分署」の刑事には、やたらに近隣の署から応援のお呼びがかかるのだ。無理もない。臨海副都心構想を背景に警察署が新設されたはいいが、お台場はただの広大な埋め立て地に過ぎない。住宅もなければ、人が集まるような施設もない。強行犯係が出動しなければならないような事件は滅多に起こらない。忙しいのは、敷地内に同居している警視庁本部所属の交通機動隊や高速道路交通警察隊だ。

村雨は安積の態度を気にしていた。もしかしたら、係長の気に入らないことを言ってしまったのかもしれない。仕事に行くのを嫌がっていると思われたら心外だ。村雨は、他の係員たちの気持ちを代弁したつもりだった。

安積の説明が続いた。

「三田署生安課の事案だ。麻薬の売人(ばいにん)の内偵を続けていたが、いよいよ大詰めだ。自宅アパートにごっそりとブツを持ち込んだという情報があった。明日の夜明けとともにウチコミだ」

「え、強行犯係の助っ人じゃないんですか？」

そう尋ねたのは須田だった。

安積がうなずいた。

「そうだ。生安に強行犯係の実力を見せつけてやろうじゃないか」

須田はにやにやと笑った。

「そうですね、チョウさん」

村雨は、苦々しい気分になった。

須田のようなのろまが自分と同じ係にいて、しかも同じ巡査部長なのだ。彼がどうして刑事になれたのか、村雨は不思議でならなかった。

臨海署ができたばかりなのだから、強行犯係のメンバーも出会って日が浅い。須田と組むことになった黒木も、どうやら戸惑っている様子だ。

当然だ。黒木は俊敏で行動派だ。その黒木が動作ののろい須田に合わせなければならないのだ。ストレスが溜まるだろうと、村雨は思っていた。

そして彼が、時折安積のことを「チョウさん」と呼ぶことも気に入らなかった。安積は気にしていない様子だが、「チョウさん」というのは、村雨や須田のような巡査部長に対する呼び方だ。

須田は、前の署で安積と組んでいたらしい。当時は、安積も巡査部長だったのだろう。その頃の名残で、須田は安積を「チョウさん」と呼ぶのだ。

それは改めてほしいと、村雨は思う。ちゃんとけじめをつけてほしいのだ。

だが、村雨は今そのことについて何か言う必要はないと思った。安積係長は、先ほどの村雨の一言を不愉快に思った様子だった。少なくとも村雨にはそう感じられた。

「令状の執行は、三田署の生安課の連中がやることになるだろう。俺たちはあくまでバックアップだ」

現場は、港区芝五丁目のアパートだ。部屋は三階の三〇二号室。間取りは、１ＤＫ。独身者用のアパートだ。

すでに、三田署が管理会社から合い鍵を入手しているということだった。

「今夜はこれから張り込みだ。対象者が逃走しないように監視する。三田署生安課保安係、機捜、そして俺たちで、交代で張り込むことになるだろう」

安積係長が言った。「売人を挙げても、うちの手柄にはならないが、俺たちがいかに役に立つかというところを連中に見せつけてやりたい。いいな」

こういうクサい台詞も、安積係長が言うと、厭味に聞こえない。それが村雨には不思議だった。

現場に出る前に三田署内で、生安課保安係・強行犯係・機捜が合同で、細かな打ち合わせをやった。生安課保安係長が、地図を前に分担を説明している。彼の名は小宮山だ。

打ち合わせが終わると、顔見知りの捜査員が村雨に話しかけてきた。たしか、権藤という名だった。年齢は村雨と同じくらい。階級も同じ巡査部長だったはずだ。

「ついこないだまで防犯課って言ってたのに、今じゃ生活安全課だもんなあ。なんか、しまらねえ感じがするよ」

警視庁の組織改編で、保安部と防犯部がいっしょになって生活安全部ができた。それに従って、所轄でも防犯課から生活安全課に名称が変わったというわけだ。警察官もまだ、その名称に馴染みがない。

それまで防犯部で取り扱っていた麻薬・覚醒剤の取締を今後は生活安全部がやることになる。

村雨は言った。

「なんだか俺たちは、他の署の助っ人ばかりやっているような気がする」

「お台場には人がいないからなあ。事件がなくてうらやましいよ」

「よその事件に引っ張り出されて、けっこう忙しいんだよ」

「今回の売人は、長い間内偵を続けてようやく身柄確保できる機会を得たんだ。失敗はできない」

「わかってる。頼りにしてくれていい」

「ああ。頼りにしていると言いたいんだが……」

権藤は横を向いた。その視線の先には須田がいた。「本当にだいじょうぶなのか?」

懸念はもっともだと、村雨は思った。誰だって、須田の体格やその仕草を見ていると、ちゃんと任務をこなせるのか心配になってくるだろう。

須田は、刑事としては明らかに太りすぎだ。

「問題ない」

村雨は言った。「あいつの動作がのろい分、黒木がカバーする」

権藤は何も言わず、また須田のほうを見た。


午後八時。覆面車のマークⅡの中で、村雨と大橋が待機していた。須田・黒木組と安積・桜井組は位置についている。

臨海署強行犯係の持ち場は、三〇二号室の玄関ドアが監視できる位置だ。外廊下沿いに、四つのドアが並んでいる。

その三階の廊下の片方の端に須田・黒木組が、また反対側の端に安積・桜井組がいる。売人が出てきたら、すぐに職質等の対応をすることになっている。

売人の名前は、柳井啓一。年齢は三十二歳だ。三田署から顔写真をもらっていた。頬がこけている。病的な印象があった。

おそらく自分でも薬物に手を出しているに違いない。

三田署の説明によると、小柄でひょろひょろに痩せているということだ。また、上の前歯が一本欠けているのが特徴だという。

大橋が署外活動系、略して署活系の無線をイヤホンで聴いている。まだ動きはない。

「あまり入れ込むな」

村雨は大橋に言った。村雨が後部座席に、大橋が助手席にいる。大橋が前を向いたままこたえた。

「気を抜くわけにはいきません」

「三田署の保安係も、機捜もいるんだ。待機のときまで気を張っていると、いざというときに役に立たん」

「はい……」

「いいから、イヤホンを外して休め」

「わかりました」

村雨は腕を組んで目をつむった。眠れるわけではないが、それだけで休息になる。一説によると、眠ったふりをするだけで、眠るのに近いくらい脳が安まるらしい。

大橋は落ち着かないらしく、時折もぞもぞと身じろぎをした。村雨は、目をつむったままその音を聞いていた。

「十時になります」という大橋の声で目を開いた。どうやら、うとうとしていたらしい。こんな状況で眠ったことに、村雨は自分で驚いていた。

「じゃあ、行くか」

村雨は、車を下りた。午後十時に安積・桜井組と交代することになっていた。駐車している場所から対象のアパートまでは徒歩で三分ほどだ。

途中、路地の角などに捜査員の姿が確認できた。アパートの裏手を機捜が固めている。そちら側からは、ベランダが監視できるはずだ。

表側は三田署の受け持ちだ。彼らは、明日の夜明けに、柳井が潜む部屋を訪ね、捜索・差押の令状を執行する手筈になっている。薬物が発見されたら、その場で薬物所持の容疑で現行犯逮捕だ。指揮を執るのは、三田署の小宮山保安係長だ。

アパートの外階段から三階の外廊下に向かう。階段を昇ってすぐの南側の端に安積たちがいた。村雨は小声で言った。

「ごくろうさまです。交代しましょう」

安積がこたえた。

「柳井は中にいる」

「確かですか？」

「午後八時半頃帰宅して、それから一歩も外に出ていない。ベランダ側にいる機捜も、その時間に部屋の明かりが点灯したことを確認している」

「了解しました」

「じゃあ、頼む」

安積と桜井が足音を立てぬように、外階段を下りていった。

廊下の向こう端に、須田の姿が見えた。ぼんやりと夜空を眺めている様子だ。

村雨は、小さく舌打ちした。

張り込みなんだから、もっと緊張してほしいものだな……。

「何です？」

大橋が、舌打ちに驚いた様子で尋ねた。村雨はこたえた。

「何でもない」

村雨は監視態勢に入った。


二時間後、つまり午前零時に、須田・黒木組と、安積・桜井組が交代した。

さらに二時間後の午前二時に、須田・黒木がやってきて、村雨・大橋組と交代することになっていた。

つまり、三班は、四時間監視して、二時間休むというローテーションを、ウチコミの時間まで続けるのだ。

この態勢で朝まで張り込むのは、村雨にとっては楽なものだった。刑事はいざとなれば、交代なしで二十四時間の張り込みをこなす。

午前四時に、村雨と大橋は、安積と桜井のいる外廊下の北側の端に行った。

「交代しましょう」

すると、安積が言った。

「あと一時間ほどで日の出だ。今からは全員で監視しよう。村雨は須田たちのほうに行ってくれ」

安積・桜井・大橋組と、村雨・須田・黒木組に分かれるということだ。村雨はこたえた。

「了解しました」

村雨は言われたとおりに、須田・黒木のいる外廊下の南端に、そっと移動した。

黒木はまったく疲れた様子を見せていなかった。すでに臨戦態勢だ。一方、須田はかなりぐったりしていた。

体力もさることながら、長時間の緊張に参っているようだった。

「本番はこれからだぞ」

村雨が言うと、須田は慌てた様子で言った。

「もちろん、わかってるよ」

「臨海署の面子（メンツ）がかかっているんだ。ヘマをするなよ」

「わかってるってば……」

午前五時十六分。

三田署生安課保安係の五人がやってきた。部屋の前に立つ。権藤が背後を見てから、小宮山保安係長に言った。

「日の出です」

小宮山係長は、ドアをノックした。

「柳井さん。開けてください。警察です」

さらにノックをする。捜査員たちは、部屋の中の気配を探っている様子だ。

小宮山係長がさらにノックを続ける。

「警察です。開けてください。柳井さん。いるのはわかってるんですよ」

小宮山係長は、ノックをやめた。隣の部屋の住人が何事かと顔を出したが、捜査員の一人が危険なので戸を閉めているように、と言った。

小宮山係長が近くにいた捜査員に命じた。

「鍵を開けろ。踏み込むぞ」

捜査員が解錠する。ドアを開けると、彼らは次々と部屋の中に入っていった。

「さあ、来るぞ……」

村雨は誰に言うともなくつぶやき、身構えた。

犯人が、三田署の連中を振り切って逃げ出すかもしれない。それを確保するのは、臨海署強行犯係の仕事だ。

それも突破されたら機捜がいるが、機捜の手をわずらわせるまでもないと、村雨は思った。

三田署の捜査員たちに確保されるにせよ、振り切って逃げ出すにせよ、柳井の顔を拝めるはずだった。村雨は当然そう思っていた。

だが、アパートの戸口の光景は、想像していたのとまったく違うものだった。

まず小宮山係長が、困惑の表情で部屋から出て来た。捜査員たちがそれに続いた。彼らも一様に動揺している様子だ。

逮捕劇はない。

村雨は思わず、須田の顔を見ていた。

須田もぽかんとしている。

村雨は言った。

「何があったのだろう」

須田が言う。

「行ってみよう」

「いや、何か言われるまで持ち場を離れるわけにはいかない」

「あんた、杓子定規だよなあ……」

のろまのおまえに言われたくない。

村雨は心の中でそう言いながら、須田の言葉を無視した。

やがて、安積係長が持ち場を離れて、三田署の小宮山係長に近づくのが見えた。それを確認してから、村雨は言った。

「俺たちも行ってみよう」

「何だ、結局行くんじゃないか」

須田のその言葉も無視した。黒木は終始無言だった。

いったい、どういうことだろう。なぜ、柳井を確保できないのだろう。

そんなことを考えながら、村雨は安積と小宮山係長に近づいた。

二人の会話が聞こえてきた。

「柳井がいない？」

安積係長が尋ねた。「どういうことですか？」

小宮山係長が、相変わらず困惑した表情のままこたえた。

「どういうことも何も、言ったとおりだ。柳井の姿がない」

「部屋にいるはずです。彼は昨夜の午後八時半頃に帰宅してから、一歩も外に出ていません」

小宮山係長が疑わしげな眼で言った。

「それは間違いないんだな？」

安積係長は、村雨と須田の顔を見た。

村雨は言った。

「自分らが監視していた時間帯には、誰も部屋を出ていません」

須田が言う。

「俺たちが見ていたときもそうです。ドアは開いていないんです」

小宮山係長が三田署の捜査員に命じた。

「両隣、それと上下の部屋を確認してくれ。ベランダ伝いに移動したのかもしれない」

捜査員たちは即座に散っていった。

すぐさま両隣の部屋が確認された。どちらの部屋にも柳井は潜んではいなかった。

十分ほどして、権藤が保安係長に報告するのが聞こえてきた。

「上の部屋にも下の部屋にも柳井はいません」

機捜隊員が駆けつけた。状況を知り、隊員の一人が、小宮山係長に言った。

「我々はベランダをずっと監視していましたが、誰もベランダには出てきませんでした。ベランダから逃走することも、ベランダ伝いにどこかへ行くこともあり得ません」

安積が言った。

「もっとよく部屋を調べるべきでは……？」

小宮山係長は、声を荒らげて言った。

「自分の眼で見てみればいい。１ＤＫの狭い部屋だ。柳井はどこにもいないんだよ」

村雨は、部屋に入ってみた。小宮山係長が言ったとおり、狭い部屋だ。奥の部屋にベッドがあり、キッチンに小さなテーブルがあった。

部屋は散らかっていた。脱いだ服が散乱している。台所には汚れた皿が積んであり、ゴミ箱にはカップ麵の容器があふれている。

安積係長の声が聞こえた。

「薬物は？」

小宮山係長の声がこたえた。

「ブツは出た。だが、柳井がいない。やつは消え失せたんだ」

2

保安係長が困惑の表情なのも無理はない。おそらく自分も同じ顔つきをしているだろうと、村雨は思った。

いったい、何が起きたのだろう。

捜査員たちは、アパートのドアの前で立ち尽くしていた。彼らはどうしていいかわからない様子だった。

小宮山係長が言った。

「確認する。臨海署強行犯は、この外廊下を担当していたんだったな?」

安積係長がこたえる。

「そうです」

「そして、安積班の誰も、柳井が出て行くところを見ていないんだな?」

安積係長がきっぱりとこたえた。

「見ていません。ドアは一度も開きませんでした」

その言葉と口調は、部下への信頼を物語っていると、村雨は思った。

次に小宮山係長は、三田署の捜査員たちに尋ねた。

「うちの受け持ちは、アパート建物の正面側だな?」

「はい」

権藤がこたえた。「我々は路上で張り込んでいました」

「柳井を見かけたやつはいないんだな?」

「見かけていません」

次は機捜隊員の番だった。

「君らは、アパートの裏手、つまりベランダ側を張っていたんだな?」

小宮山係長に尋ねられて、機捜の小隊長がこたえた。

「はい、そうです」

「朝までの経緯を教えてくれ」

「午後八時半頃に、部屋の明かりが点きました。時折、カーテンに人影が映りましたから、誰かいたことは間違いありません」

「それが柳井かどうかは確認していないんだな?」

「ベランダ側からは確認できませんでした」

安積係長が言った。

「午後八時半頃、柳井が部屋に戻ったのを、我々が確認しています。ですから、機捜隊員が見た人影は柳井と見て、間違いないでしょう」

小宮山係長は、安積にうなずきかけてから、機捜の小隊長に言った。

「それから……?」

「部屋の明かりが消えたのが、午前二時半頃。そして、夜が明けるまでそのままでした。その間、ベランダには誰も出てきませんでした」

「明かりが消えてから、暗闇に乗じて柳井が出てきたんじゃないのか？」

機捜の小隊長は、きっぱりとかぶりを振った。

「アパートのすぐ近くに街灯があり、ベランダは比較的明るい状態だったのです。ですから、誰かが出てくればすぐにわかったはずです。それに、ベランダのガラス戸は一度も開きませんでした。間違いありません」

小宮山係長が考え込んだ。

「アパートの建物は、我々三田署の捜査員と、機捜隊員で包囲して監視していた。そして、部屋の出入り口は、臨海署の捜査員が見張っていた。柳井が、昨日の午後八時半に部屋に戻ってから、外に出たところを見た者はいなかった……。そうだな？」

その問いにこたえたのは、安積だった。

「そういうことですね」

「だが、ドアを開けてみたら、部屋にはその姿がない。彼はどこに消えたんだ？」

権藤が言う。

「どこか、我々が知らない抜け道があるのでしょうか……」

「抜け道からどこに出ると言うんだ。おまえたちと、機捜とで、がっちり周囲を固めていたはずだ。どこかに逃げ出したとしても、必ず網にかかるはずだ」

安積係長が言った。

「それに、抜け道など構造上不可能でしょう。部屋は三階にあります。両隣と、上下の部屋も調べたのでしょう?」

権藤がこたえた。

「ええ……。そうですね。あの部屋は、玄関とベランダからしか外に出ることはできません」

捜査員たちは、皆首を捻(ひね)っている。

村雨にも訳がわからなかった。

これまで、何度もウチコミを経験している。だが、こんなことは初めてだった。

証拠品の薬物などが見つからないことはたまにある。捜査員が踏み込む直前に、犯人がトイレに流すなど、処分してしまうことがあるのだ。だが、人が消えたなどというのは経験がない。

権藤が悔しそうに言った。

「こんな形で、ウチコミが空振りに終わるなんて……」

小宮山係長が悔しそうに拳(こぶし)を握りしめている。これまで地道に内偵を進め、ようやく家宅捜索にこぎ着けたと権藤が言っていた。その思いは想像するに余りあると、村雨は思った。

やがて、小宮山係長が言った。

「これ以上ここにいても仕方がない。引きあげるぞ」

何が起きたのか、まったく理解できない。今は、小宮山係長の指示に従うしかないと、村雨は思った。

小宮山係長の言葉が続いた。

「署に引きあげて、仕切り直しだ」

そのとき、誰かが言った。

「待ってください」

須田の声だった。村雨は驚いた。

小宮山が須田のほうを睨（にら）んで言った。

「何だ？」

須田は、しどろもどろになって言った。

「ええと……。せっかく捜索に来て、このまま帰るのはどうかと……」

「証拠の薬物は押収した。これ以上、どうしろと言うんだ？」

「柳井の身柄を確保しないと……」

小宮山係長は、不思議なものを見るような顔で言った。

「その柳井が消えちまったんだ。おまえは、状況が把握できていないのか？」

須田はさらにうろたえた様子になる。

「ええ、それはわかっているんですが……」

小宮山係長が苛立ちを露わにしはじめる。

「それがわかっていながら、待てというのは、どういうことだ？」

村雨は須田に小声で言った。

「よせ。何が言いたいんだ？」

須田は村雨に言った。

「え……？　いや、何が言いたいって、柳井を捕まえたいって言ってるだけだよ」

村雨は、三田署や機捜の連中の顔色を見ながら言った。

「よせと言ってるんだ。おまえだって、何が起きたかわかっているだろう」

「そりゃ、わかってるけど……」

まったく、こいつはあきれたやつだ。

村雨は思った。ただ、のろまなだけならいい。だが、どうやら頭の回転ものろいらしい。今、どういう状況なのか、他の捜査員たちがどういう思いでいるのか、こいつには理解できないらしい。

村雨は須田に言った。

「いいから、おまえは臨海署に戻っていろ」

須田は驚いた顔になった。

「どうして俺が署に戻らなきゃならないんだ？」

こいつは刑事として、徹底的に叩き直す必要があるかもしれない。

「いいから、とにかく車のところに行ってろ」

小宮山係長が再度言った。

「撤収だ」

須田が言う。

「今撤収してはだめです」

村雨は思わず大声を出しそうになった。

そのとき、安積係長が言った。

「須田。おまえには何が起きたのかわかっているんだな？」

「え？　ええ、チョウさん。わかると思います」

村雨はきつい口調で言った。

「その、チョウさんというのはやめろ。よその捜査員もいるんだ」

須田が言った。

「あ、すまない。つい……」

「つい、じゃない。気をつけろ」

安積係長が須田に尋ねた。

「柳井は、どうやって消失したんだ？」

須田は、必死な様子で説明を始めた。

「ええとですね、まず大前提として、人間が消滅するはずはないんです。それはわかりますよね」

安積係長がうなずく。

「もちろん、そうだな」

「それでですね、柳井は、午後八時半に部屋に戻ってきた。それは、我々臨海署の者が確認しています。そして、その時刻に部屋に明かりが点いたことは機捜が確認しています。つまり、午後八時半から柳井が部屋にいたことは間違いありません」

小宮山係長が苛立った様子で言った。

「そんなことはわかっている。俺たちが知りたいのは、なぜ消えたか、なんだ」

須田は汗をかきはじめていた。

「ええ、そうですね。でも、大切なことなんです。柳井は間違いなく部屋にいた。これも前提条件の一つなんです」

安積係長が言った。

「続けてくれ」

「そして、出入り口のドアを監視していた臨海署の者も、路上からアパートの表側を監視していた三田署のみなさんも、ベランダ側を監視していた機捜のみんなも、柳井が部屋を出たところを見てないわけですね」

小宮山係長が言った。

「そうだ」

「そして、午前五時十六分、日の出とともに、係長がドアをノックする……。返事がないので、あらかじめ入手していた鍵で解錠して踏み込んだ……。すると部屋の中に柳井の姿はなかったと……」

「そうだよ。だからその理由を教えてくれよ。わかるものならな」

小宮山に言われて、須田はきっぱりと言った。

「柳井は部屋を出ていません」

「何だって？」

小宮山係長が怪訝そうに須田を見た。まるで須田の精神状態を疑っているような様子だ。村雨も同様の気分だった。須田が何を言っているのか理解できない。一刻も早く黙らせて、覆面車のマークⅡの中に押し込めたほうがいい。そう思った。

須田の言葉が続いた。

「理屈で考えるとそうでしょう。人間が消滅するはずがない。そして、柳井が部屋の中にいたことは間違いない。さらに、彼が部屋から出ていないことは、ここにいる全員で確認している……。だとしたら、柳井はまだ部屋の中にいるということになります」

小宮山係長の苛立ちは、限界に達しそうだった。

「だが、部屋の中に柳井はいない。これはどういうことかと訊いてるんだ」

「まだいるんですよ。きっと、見つかりにくい隠れ場所があるんです」

「隠れ場所……？」

「ほら、柳井は小柄ですごく痩せているんでしょう？　普通では考えにくいようなところに隠れている可能性があります」

小宮山係長の判断は早かった。彼は即座に捜査員たちに言った。

「もう一度部屋の中を調べろ。徹底的に、だ」

その様子を見ながら、村雨は須田に言った。

「ばかな……。捜査員が一度捜索したんだ。見逃すはずがない」

「そうかな……。三田署のみんなは、当然ドアを開けたらそこに柳井がいると考えていたはずだ」

「そうだろうな」

「身柄確保の様子をあらかじめ頭の中に描いていたに違いない。その想像が自分たちを縛っちゃったんだよ」

「自分たちを縛った？」

「そう。だから、ドアを開けたとき、予想とまったく違ったことが起きたので、それに対処できなかった……」

須田がそこまで言ったとき、部屋の中から、捜査員の声が響いてきた。

「いました。柳井です。確保します」

他の捜査員がさらに言う。

「身柄確保。柳井の身柄を確保しました」

村雨は、心底驚いた。そして、言葉もなく須田を見ていた。須田は、平然としていた。当然だと言わんばかりの顔だった。

捜査員二人に両側から腕をつかまれた柳井が出てきた。驚くほど小柄で華奢だった。前歯が一本欠けている。そのせいで痩せた顔がことさらに貧相に見えた。

部屋から出て来た小宮山係長に、安積係長が尋ねた。

「どこに隠れていたんです？」

「押し入れの天井に、配線メンテナンス用の穴があって、そこから天井裏に入り込んでいた。メンテナンス用の穴は、ほんの三十センチ四方ほどだ。そして、天井と上階の床の間もごく狭い。とても人間が出入りできる場所とは思えない」

「なるほど……。柳井の体格でなければ無理でしょうね」

「いやあ、まさかあんなところに隠れているとはなあ……」

「ともあれ、柳井が逮捕できてよかったです」

「おかげさまで……」

「では、我々は引きあげることにします」

安積係長が階段に向かった。村雨たち係員もそれについて行こうとした。

「待ってくれ」

小宮山係長の声がした。

安積係長が立ち止まり、振り返った。

「何でしょう？」

「おたくの捜査員のおかげで、ヘタを打たずに済んだ。あのとき引きあげていたら、まんまと柳井に逃げられるところだった」

安積係長がほほえんで言った。

「須田と言います」

小宮山係長がうなずいた。

「覚えておこう。今回は須田の手柄だ」

「いいえ、私たちはただの助っ人ですよ」

安積は笑みを浮かべたままそう言って、会釈をし、踵（きびす）を返した。

村雨は、言葉にできないほどの誇らしさを感じて、そのあとに続いた。

3

その日から、村雨の須田を見る眼が変わった。

須田が刑事になれたのが不思議でならなかったが、今なら納得ができる。彼は、普通の人が見ていないところを見ているのかもしれない。刑事にはそういう能力が必要なのかもしれない。

安積は、臨海署にやってきたときから須田を買っている様子だった。前の署でいっしょだったというから、仕方がないと思っていた。

だが、それだけではなかったのだ。安積は、須田の真価に気づいているのだ。

動作がのろいので、頭の回転までのろいのではないかと思われがちだ。だが、そうではなかった。

彼の洞察力は群を抜いているのだ。そして、普段はおどおどしているのだが、理屈を通そうとするときは躊躇しない。その点も認めるべきだと思った。

しかし、と村雨は思う。

須田の能力を活かすにはある程度の工夫というか、方便が必要だ。ナントカとはさみは使いようなのだ。

須田のようなタイプは警察社会にはなかなか馴染まない。反発を食らうこともあるだろう。

なるべくそうならないように気をつけるのが、自分の役割だと、村雨は思った。杓子定規だと言われてもいい。須田の能力を活かせるように、うまく警察組織に馴染ませるのだ。

いや、須田だけではない。安積班の捜査員全員、さらに言えば、安積係長をも、警察組織の約束事からはみ出ないようにうまく誘導することが、自分の役割だと、村雨は思った。

三田署の助っ人に出かけてから、三日後のことだ。

その日は、特に事件らしい事件もなく、安積班全員が定時で上がれそうだった。

午後五時十五分の終業時間になると、安積係長が言った。

「たまには、みんなで飲みに出かけるか」

これまで、そろって出かけたことはない。これが安積班初めての飲み会だ。

村雨は言った。

「……といっても、お台場に飲み屋なんてありませんね」

安積係長が言う。

「品川あたりまで出ればいい」

「そうですね」

村雨は、須田に言った。「どこか、適当な店を見繕って、予約してくれ」

須田が目を丸くして言った。

「え、俺が？　ええと……。飲み屋だよね……」

すっかり困った様子だ。

須田はこういった遊興の類に関する段取りは、いたって苦手な様子だ。彼に任せて、閉口するような店を選ばれても困る。

「わかったよ」

村雨は言った。「俺が店を押さえよう」

須田はほっとした顔になった。

何事も役割分担だ。自分にできて須田にできないこともある。須田にできて自分にできないこともある。

それだけのことだ。だが、それが重要なのだと、村雨は思った。

みぎわ

1

強行犯係長の安積剛志警部補は、切実に海を見たいと思っていた。朝から会議が続いた。署長も臨席する東京湾臨海署の全体会議があり、基本的にすべての課長と係長が出席した。「基本的にすべての課長と係長」というのは、緊急時には会議に臨席できない場合があるからだ。事件が起きれば、当然そういうことになる。

それが終わると、刑事課の会議があり、こちらは刑事課長と係長全員が参加した。

正式には刑事組織犯罪対策課というのだが、長いので、昔ながらに「刑事課」と呼ぶことが多い。少し丁寧に言う場合は「刑事組対課」だ。まだそれほど多くはないが、「刑組課」と呼ぶ者も出はじめている。

会議というのは息が詰まる。特に署長や副署長が臨席する会議は堅苦しい。警察は役所なので、会議の手続きや配付資料の書式も形式的で煩雑だ。

課の会議は、全体会議とは違った雰囲気になる。実務的な連絡事項に終始する場合が多いが、時には紛糾することもある。

係長同士の対話は、現場の不満のぶつけ合いになりかねないのだ。安積は、そういう場も必要だと思っている。

言いたいことを言うことで、ガス抜きにもなる。

ただ、感情をぶつけ合うのを黙って聞いているのは気が滅入る。当事者はいいかもしれないが、それ以外の者は一刻も早く会議が終わってくれないかと願うに違いない。

少なくとも、安積はそうだ。

その日も、暴力犯係と知能犯係の係長が、詐欺事案を巡って言い合いを始めた。

最初は、安積も興味を持って話を聞いていたが、そのうち二人が感情的になり、いささかうんざりしてきた。

どうしてこの世に会議があるのだろう。安積はエスカレートしていく言い合いをぼんやりと眺めながら、そんなことを思っていた。

情報の共有は必要だ。だが、通信手段が発達した現代では、他にいくらでも効率的なやり方がありそうな気がした。

事実、捜査本部では捜査会議が減っている。管理官に情報を集約する方法が一般的になりつつある。

捜査会議は、幹部に対するセレモニーの意味合いが強い。上意下達が原則の警察では、それも必要かもしれないが、最小限でいいだろうと安積は思っていた。

会議室に長時間拘束され、じっと机上の書類を見つめていると、不意に屋上に行って海が見たくなったのだ。

いや、できれば、波打ち際に行って、寄せては返す波を、何も考えずに眺めていたい。

そんな思いに駆られていた。

お台場の東京湾臨海署に来て、どれくらい経つだろうか。目黒署の刑事課から異動になったときは、唖然とした。

立派なのは、交通機動隊の分駐所とそのパトカーのための駐車場だけだった。分駐所に同居する警察署の庁舎はまだプレハブに毛が生えたような粗末なもので、人数も少なかった。

かつて東京湾臨海署は、誰が言いはじめたか、ベイエリア分署と呼ばれた。日本の警察に分署という組織はないが、マスコミが交機隊の分駐所と警察署を合わせて、アメリカ風に分署と呼びはじめたのだ。

たしかにそう言われてもうなずけるくらいに規模が小さかったし、安普請なので、居心地は悪かった。

当時、船の科学館くらいしか目立つ建物がないお台場だったが、海が安積の慰めとなった。

時折、強く潮の香りがすることがあった。そんな日は特にベイエリアであることを意識した。風向きのせいだろうか。たしかに日によって、あるいは時間によって潮の香りは変化した。

それから、安積は神南署に異動になった。臨海副都心構想が頓挫し、東京湾臨海署が閉鎖されることになったからだ。

そして、時は流れ、放送局が引っ越して来たり、大型ショッピングモールや通信会社のビル、ホテル、マンションなどができて、お台場は新たな発展を遂（と）げた。そこで、東京湾臨海署が再開されることになった。

かつてのベイエリア分署と同じ敷地に、新庁舎が建設された。交機隊の分駐所も同居しているし、今度は水上（すいじょう）署が廃止されて新臨海署に組み込まれることになった。以前の東京湾臨海署とは比べものにならないほど巨大な警察署が姿を現したのだ。かつてベイエリア分署と呼ばれた東京湾臨海署は、今は単に臨海署と呼ばれることが多い。

不思議なことに、同じ場所にあるのに、新庁舎になってからは潮の香りを感じることがほとんどなくなった。安積はそれを淋（さび）しく思っていた。

午後になって、ようやく課の会議が終わると、安積は一度屋上に行ってみようと思った。課の会議で弁当が配られたので、すでに昼食は済んでいる。

第一係の係長席に書類を置き、屋上に向かおうとしたそのとき、無線が流れた。臨海署管内で強盗致傷事件が発生したという。

榊原（さかきばら）課長が、課長室から顔を出して言った。

「安積班、行ってくれ」

安積は係員たちを連れて、現場に急ぐことにした。海を眺めるのはお預けだった。

2

現場は、巨大な遊興施設ビルの駐車場だった。

その日は月曜日で、ビル自体がそれほど混み合っていなかった。もし混んでいたとしても、駐車場の人通りはそれほど多くはない。

犯罪に注意しなければならない場所の一つだ。

被害者は、三十代の男性だ。駐車していた車に戻ろうと、駐車場内を歩いていたところ、強盗にあった。

おとなしく金を出せば、怪我はしなかったかもしれない。その男性は、抵抗したため、刃物で刺されたらしい。

最初に駆けつけたのは、地域課の係員だった。彼はすぐに救急車を要請。被害者は、病院に搬送された。

次に現場にやってきたのは、機動捜査隊だ。彼らは周辺で聞き込みを始めた。

その次は鑑識だ。彼らは現場を保存し、あらゆるものを記録して、証拠をかき集めた。

安積班が現着したのは、その後だった。

鑑識の作業が終わるのを待つ間に、安積は最初に駆けつけた地域課係員に話を聞いた。

「人が倒れているという通報があり、駆けつけました」

安積は尋ねた。

「その時、不審者や不審な車両を見なかったか？」

安積班の五人の係員たちが安積と地域課係員を取り囲むようにして話を聞いている。

「見ませんでした」

「通報者は?」

「通報した後に現場を離れたようです」

「一一〇番をしたのだから、記録は残っているな」

「はい。通信指令センターに問い合わせれば……」

「把握していないのか？」

「すいません。ですが、地域課がそこまでやる必要は……」

安積はうなずいた。

「わかった。それは俺たちがやる。それで、被害者は？」

「ぐったりしていましたね。傷は深い様子でした。病院に搬送されてからのことはわかりません」

安積は搬送先の病院を訊き、村雨秋彦巡査部長に言った。

「どういう状態かチェックしてくれ」

「了解しました」

村雨は安積班のナンバーツーだ。彼はその場を離れて、電話をかけた。相手は病院の職員だろう。

この地域課係員は、通報者の名前や連絡先も、被害者の容態も把握していない。

通報の内容や現場の状況を確認し、それを、鑑識や機捜、刑事課など捜査陣に引き継げばそれで彼らの仕事は終わりだ。そう考えれば、この係員を責めることはできない。彼は最低限の役割は果たしているのだ。

だが、地域課の係員が現着したときからすでに捜査は始まっている。初動捜査の出来不出来で、その後の展開が変わると言ってもいい。だから、最初に駆けつける地域課係員には、もっと積極的に事案に関心を持ってもらいたいと思う。

そのほうが仕事も面白いだろうに……。

安積は、そんなことを思いながら、須田三郎巡査部長を見た。何か質問はないかと、無言で尋ねたのだ。須田は、その視線にちょっと慌てたようなそぶりを見せてから、地域課係員に尋ねた。

「被害者に連れはいなかったの？」

「連れですか？　いえ、いなかったと思います。そういう話は聞いていません」

「おかしいな……」

「え……？」

「ここ、巨大なゲームセンターみたいなものでしょう。一人で来るところじゃないような気がするんだけど……」

どうだろう、と安積は思った。地域課係員が言った。

「被害者の知り合いがいたという話は聞いていません。一人だったと思います」

そこに村雨が戻って来て言った。

「被害者は、緊急手術中だそうです。傷の一つが腹部の動脈を傷つけたようで……」

水野真帆巡査部長が村雨に尋ねた。

「危ない状態なんですか？」

「わからない。病院ではただ、手術とだけ……。それで、何の話をしていたんだ？」

須田が村雨に言った。

「被害者に連れはいなかったのかな、と思ってさ」

「連れ……？」

「ここ、一人で来るような場所じゃないと思ってね……。けど、彼に連れがいたという情報はないと言うんだ」

村雨は地域課係員を見た。

まさか、ここで説教を始めたりはしないだろうな。

安積は、ふとそんなことを思った。村雨は自分に厳しい分、他人にも厳しい。

村雨は地域課係員に尋ねた。

「被害者が誰かといるところを目撃した者はいないんだね？」

詰問口調ではなかった。

「自分は話を聞いていません」

村雨が安積を見て言った。

「目撃情報がないか、施設内を片っ端から当たるしかないですね」

村雨が地域課係員に厳しく当たらなかったので、安積はほっとして言った。

「そうだな。機捜が何か聞いているかもしれない」

村雨は普段、桜井太一郎巡査と組んでいる。村雨は、安積班の係員の中で一番年上だ。そして桜井は最年少だ。当然、村雨は桜井の指導役となる。

一方、須田は黒木和也巡査長と組んでいる。この二人は比較的年齢が近いので、気心の知れた相棒といった関係だ。

村雨は桜井を厳しく鍛えているらしい。実際に二人きりのところを見たことがないので、断定はできない。

だが、村雨の性格からして、桜井を甘やかすことはあり得ないと思った。どこに出しても恥ずかしくない刑事に育てる。そう考えるのが村雨という男だ。

ベイエリア分署時代に、大橋という若い刑事がおり、やはり村雨と組んでいた。村雨が大橋を、犬のように飼い慣らしてしまったように感じ、安積は気になっていた。

だが、竹の塚署に勤務している大橋を見て、その思いが間違いだったことを悟った。大橋は見違えるほどたくましくなっていた。

村雨が厳しく鍛えたからに違いなかった。躾や教育が本当にうまくいったかどうかは、子供を外に出してみなければわからない。

いずれ桜井も村雨から離れて行く。そのときに村雨の教育の真価が問われるのだ。

思えば、先生とか師匠というのは孤独なものだ。教え子や弟子が一人前になったかどうかは、手放して外に出さないとわからない。つまり、成長した姿を見ることはできないのだ。

たくましく育った姿を見たくても、いっしょにいる限りは見ることができない。ジレンマだ。

桜井が天井を見上げて言った。

「防犯カメラがありますね」

安積は言った。

「すぐに映像を入手して解析してくれ」

村雨が確認する。

「ＳＳＢＣに依頼しなくていいですね」

ＳＳＢＣは、警視庁本部の捜査支援分析センターだ。映像・画像解析やパソコンのデータ解析などを一元的に行っている。

「詳しい解析が必要なら依頼する。とにかく映像を見てくれ」

「わかりました」

桜井がビルの警備担当者のもとに行き、その他の係員は、聞き込みに出かけた。

須田だけが現場にたたずんでいる。サボっているように見えるかもしれない。

警察は、軍隊に近い規律と機動力を要求される。みんなが一斉に捜査に散ったとき、一人ぼんやりとしていたら怒鳴られかねない。だが、安積は須田を怒鳴ったりはしなかった。

こういうときの須田はあなどれないことを知っている。

彼は、太りすぎのせいで行動が鈍く、頭の回転まで鈍いと思われがちだ。だが、実は人一倍刑事としての感覚に優れており、洞察力に長けている。安積は長年の付き合いでそれを知っているのだ。

安積は、須田に近づいて尋ねた。

「どうした？」

「あ、係長……」

須田は驚いた顔を見せた。本当に驚いているかどうかはわからない。須田は常にこうしたポーズを取る。

おそらく、どうすれば無難なリアクションが取れるのか、テレビドラマなどから学んだに違いない。

「いえね……。さっきのことがどうしても気になりましてね……」

「さっきのこと？」

「被害者が一人だったってことです」

「ここには、ダーツやビリヤードなんかもあるし、釣り堀もある。一人で来て遊ぶ人がいても不思議はないんじゃないのか」

「あ……。ええ、そうですね。係長の言うとおりなんですけど……」

何かひっかかっているようだ。こういうことは理屈ではない。須田のアンテナが何かをキャッチしたということなのかもしれない。

「それで、おまえはここで何をしている？」

「もし、同行者がいたとしたら、襲撃されたときどうするだろうと思いまして……」

須田の頭の中では、仮想の状況がありありと再現されているのではないだろうか。

「それで、どう思うんだ？」

「うーん、まだわかりませんね。被害者の手術が終わって話が聞ければ明らかになるでしょう」

「そうだな……」

「じゃあ、俺も聞き込みに行って来ます。同行者のことも、聞き込みでわかるかもしれません」

須田がその場を離れていった。

安積は時計を見た。午後二時になろうとしている。

真っ昼間に強盗傷害事件とは、お台場も物騒になったということだろうか。いや、お台場に限らず、どこでも物騒なことは起こり得る。

いかなる場所、いかなる場合でも、油断は禁物ということだ。

安積も現場を離れて、聞き込みに回ることにした。

午後三時を過ぎて、一度署に戻ろうと思っていた安積のもとへ、桜井から電話が来た。

「安積だ」

「被疑者の潜伏先が判明しました」

安積は、桜井が言っていることが一瞬理解できなかった。

「待て、どういうことだ？　被疑者が特定できたということか？」

「防犯カメラに犯行の瞬間が映っていました。犯人に見覚えがあるような気がして、強盗や傷害の前科のある者のリストを当たってみました。それで犯人が特定できたのです」

「氏名は？」

「奥原琢哉です。年齢は三十二歳。強盗の前科があります。臨海署管内のアパートに住んでいます。住所は、東雲二丁目……」

「奥原か。覚えている。三年前に逮捕・起訴されたんだったな。やつは、自分のアパートに潜伏しているというのか」

「近所の聞き込みでそれが判明しました」

「近所の聞き込み？　おまえはそのアパートの近くにいるのか？」

「はい。監視しています」

「わかった。すぐに応援に行く」

「村雨さんに連絡しておきます」

「そうしてくれ」

安積は、桜井からの電話を切ると、すぐに須田に電話した。

被疑者の身許が判明したことを告げ、潜伏先と思われるアパートに急行するように指示する。

「奥原が……」

須田は、そう言ったまま、しばらく無言だった。やがて、彼は言った。「たしか、初犯で被害者が無傷だったので、執行猶予がついたんでしたね」

「たしかそうだった」

「でも、結局再犯という結果になったわけですね」

須田はおそらく、奥原が更生しなかったことについてやるせない思いを抱いているのだろう。

「とにかく、身柄を押さえなければならない。桜井はすでに現地周辺にいる。俺も移動する。桜井が村雨に連絡すると言っていた。水野や黒木には村雨から指示が行くだろう」

「わかりました」

電話を切ると、安積は東雲二丁目に向かった。

南側に高速湾岸線が見えている。お台場や有明のあたりは広々として緑が多いが、このあたりになると、急にごちゃごちゃとした印象になると、安積は思っていた。

同じ埋め立て地だが、雰囲気が違う。

問題のアパートは独身用のものだった。桜井によれば、間取りは１ＤＫだということだ。

彼はすでに、アパートのオーナー兼管理人から合い鍵を入手していた。

手回しがいい。やる気が感じられる。

「あの部屋です」

桜井が一階の部屋を指さした。一階と二階それぞれに四つの部屋が並んでいる。桜井が指し示したのは左から二番目の部屋だった。

二階には小さなベランダがある。一階はその部分が濡れ縁になっており、ささやかな庭らしいスペースがあった。

水野が桜井に尋ねた。

「間違いないのね？」

「間違いありません。奥原の姿を見たという証言があります」

「まだ、部屋にいるの？」

「はい。部屋の中で動きがあります」

須田が尋ねる。

「一人暮らしで間違いないんだね？」

「それも間違いないです。大家に確認してあります。今踏み込めば、スピード逮捕です」

水野がうなずく。

「そうね。逮捕状と捜索・差押令状を取っても、日暮れまでには間に合う」

桜井は勢いづいた。

「そうです。すぐに手配しましょう。スピード逮捕となれば、安積班の手柄じゃないですか」

たしかにそうだ。捜査が長引けば、それだけ費用も労力もかかる。捜査本部などできた日にはその警察署の負担は計り知れない。

スピード逮捕は、ただ名誉なだけではなく、警察署の経費削減のためにもなるのだ。

安積は言った。

「課長に報告する。逮捕状と捜索・差押令状が届き次第、身柄を押さえる」

「いや、待ってください」

そう言ったのは、村雨だった。

安積は村雨に尋ねた。

「どうした?」

「しばらく様子を見るべきです」

桜井が驚いた顔で村雨を見た。

「どうしてですか。あの部屋に被疑者がいることは間違いないんですよ」

村雨は桜井に言った。

「こういうときは、慎重にならなければならないんだ」

その言葉を聞いた瞬間、安積は思い出した。

いつかまったく同じことがあった。

それははるか昔、まだ安積が新人刑事の時代のことだった。

3

安積は、目黒署刑事課で最も若い刑事だった。

経験は最も少ないが、やる気は人一倍ある。そう自覚していた。

彼は三国俊治という巡査部長と組んでいた。三国は安積から見ればはるかにベテランで、係長の信頼も篤い。

安積の相棒というより、教育係だ。つまり、師匠と弟子という関係だった。三国はいい加減なことを許さない厳しい指導者だ。

目黒署の若い同僚からは、よくこんなことを言われた。

「おまえはたいへんだなあ。あんな厳しい人と組まされて……」

だが、安積はそれほど辛いと思わなかった。口うるさいなと思うことはあるし、怒鳴られればへこむ。

だがそれよりも、早く一人前の刑事になりたいという気持ちが強かった。何より、警察の仕事が好きだった。

本当に好きならば、何があってもそれほど辛くは感じないものだ。マイナスの感情よりプラスの感情が強いからだ。

五月のよく晴れた日だった。終業時間近くに、無線が流れた。強盗事件だということだ。

現場は、管内のコンビニだ。

レジから金を鷲づかみにして逃げようとした犯人を、客の一人が取り押さえようとした。

そして、犯人が持っていた刃物で刺されたのだった。

幸い、被害者の命に別状はないということだ。

係長より早く、三国が言った。

「行くぞ」

三国は四十代半ばで、気力も体力もまだ充実している。安積は、出入り口に向かう三国を追った。

駒沢通りに面したコンビニだった。祐天寺駅に近い。現場にはまだ血だまりが残っていた。

従業員と三人の客が、犯人を目撃していた。安積は、客の一人に話を聞いていた。近所に住む七十代の男性だ。

「顔を隠していたけど、若い男だってことはわかったよ」

目撃者の男性は言った。安積は尋ねた。

「顔を隠していた……?」

「そう。野球帽みたいなのをかぶって、サングラスをかけていたよ。そして、マスクをしていた」

「野球帽にサングラスにマスク……。それじゃ人相はわかりませんね」

「ああ。人相はわからないけど、間違いなく若い男だ。髪が金色だった」

「野球帽をかぶっていたんでしょう？」

「頭全部を覆っているわけじゃないだろう。髪の色はわかったよ」

「金髪ですね。その他に特徴は？」

「刺青(いれずみ)があったよ」

「刺青……？　どこにですか？」

「左の袖口(そでぐち)から覗(のぞ)いていた」

「どんな刺青ですか？」

「ほとんど隠れていたから、全体の形はわからない。でも見えていた部分は星形だったような気がする」

「星形の刺青ですね。他に何か……」

「いや、俺が覚えているのは、そんなところだね」

安積は礼を言って、鑑識係員と話をしている三国のもとへ行った。そして、今聞いた話を伝えた。

「金髪で、左腕に刺青……」

三国は鑑識係員を見た。

鑑識係員はうなずいて言った。

「手口から見ても間違いないね」

安積は言った。

「マエがあるやつなんですか？」

「荒尾重明（あらおしげあき）。年齢はたしか二十八歳だったな。二度、コンビニ強盗で捕まっている。一度目は執行猶予がついたが、二度目は実刑で二年食らった」

「二度目でたった二年ですか？」

「被害額が少なかったし、怪我人がいなかった。だが、今回は三度目で、しかも強盗致傷ときている。最低でも七、八年は食らうことになるな」

「犯罪歴があるのなら、写真もありますね。目撃者に写真を見てもらいましょう」

「やつは、キャップをかぶり、サングラスとマスクで顔を隠していたんだろう？　写真を見てもらっても無駄だろうよ」

「刺青の写真はありますか？」

「特徴だから、当然記録してあるだろう」

「それを目撃者に見てもらってはどうでしょう」

三国が言った。

「そう思ったら、すぐに手配するんだよ」

「はい」

安積は、先ほど話を聞いた男性を署に連れて行くことにした。

「これだね。この刺青だ」

目撃者は、刺青の写真を見てそう言った。流れ星を象ったタトゥーだった。手首近くに五芒星があり、そこから肘の方向に三本の曲線が描かれている。

安積は言った。

「念のため、顔写真も見てください」

「顔は見てないと言っただろう」

「髪が金色だったのを覚えてましたよね」

安積は、荒尾重明の顔写真を見せた。目撃者の老人はかぶりを振った。

「いや、人相はわからない」

だが、刺青を確認しただけで充分だと思った。三国と鑑識係員は手口から見当を付けていたようだ。

荒尾で決まりだ。あとは、行方を追うだけだ。

まさか、自宅には戻っていないだろうな……。前科があるのだから、身元が割れて、警察がやってくる恐れがある。自分なら自宅には戻らず、別な場所に潜伏する。

安積はそう思った。

だが、だめでもともとだ。取りあえず、記録にある荒尾の住所を当たってみようと思った。

三国はまだ現場のコンビニ付近にいるようだ。周辺で聞き込みをやっているのだろう。安積は一人で行くことにした。

荒尾は碑文谷の安アパートに住んでいた。住宅街の中にあり、人通りはそれほど多くはないが、近所の人が何か見ているかもしれない。

そう思い、安積は片っ端から近所の家を訪ねて話を聞いて回った。

「ああ、あそこの住人なら、部屋にいるはずですよ」

一戸建てに住む中年女性がそう証言した。安積は尋ねた。

「姿を見たのですか？」

「さっき、買い物から帰ってくるときに、すれ違ったから……」

「どんな服装をしていましたか？」

「服装ですか……。そうね……。野球帽をかぶっていたわね。黒っぽいシャツにジーパンだったかしら……」

その服装は、コンビニ強盗のものと一致している。やはり、犯人は荒尾と見て間違いないようだ。

安積は、アパートの周囲を見回った。荒尾の部屋は、二階の右端だ。

すっかり日が暮れて、家々の窓に明かりが点りはじめた。荒尾の部屋にも明かりが点いた。安積は、ベランダの側から部屋の様子を監視しつつ、携帯電話を取り出して三国に連絡した。

携帯電話を持ちはじめたばかりなので、まだ慣れていない。

「はい、三国。安積か？　いったいどこにいるんだ」

「荒尾の所在を確認しました」

「荒尾の所在だって？　どういうことだ？」

「目撃者にタトゥーを確認してもらいました。犯人は荒尾で間違いないと思います。自宅アパート付近で聞き込みをしたら、帰宅しているらしいということがわかりました」

「まだ、触っていないな」

「触る」というのは、接触することだ。

「触っていません。部屋を監視しています」

「それだけはほめてやる」

「それだけは……？」

「触らずに監視していることだ。これからそっちへ行く。いいか、絶対に手を出すな」

「わかりました」

電話を切った。

安積は釈然としない思いだった。犯人を割り出し、その所在まで確認した。身柄を押さえればスピード逮捕だ。

それなのに、接触しなかったことだけをほめてやると三国は言った。

信用されていないということだろうか。まだまだ安積は半人前だということだ。

いったい、いつまで半人前扱いなのだろう。どうしたら一人前になれるのか。たぶん、いくつか手柄を上げれば、三国も自分を見直すのではないかと、安積は思った。

一人で踏み込んで、荒尾の身柄を取ってやろうか。そうすれば、三国も自分を評価するかもしれない。

そこまで考えて、安積は自分を戒めた。

三国は、「絶対に手を出すな」と言ったのだ。その言いつけに背いたら、よしんば手柄を上げても説教を食らうことになるだろう。

ここは、言われたとおり監視をしつつ、三国を待つべきだ。

それから十分後に、三国は仲間の係員を四名連れてやってきた。

四人も応援とはものものしいな。相手は一人だ。三国と二人だけで充分じゃないかと、安積は思った。

「どんな様子だ?」

三国に尋ねられて、安積はこたえた。

「動きはありません」

「そうか。無線を持って来た。イヤホンを着けろ」

他の捜査員たちはすでに無線機を装着している様子だ。安積は三国から小型のトランシーバーを受け取った。署外活動に使用されるUWだ。ベルトに装着し、イヤホンを耳に差す。

三国は、応援の係員のうちの二人に、アパートの玄関の側を固めるように言った。あとの係員と安積、三国の四人は、ベランダの側から部屋を監視していた。

安積は少々苛立(いらだ)って、三国に言った。

「踏み込みましょう。今、身柄を押さえればスピード逮捕です」

三国は何も言わない。

捜査員の一人が言った。

「クニさん。安積の言うとおりだ。身柄を取れば、一件落着だ」

そのとき、三国は言った。

「いや。しばらく様子を見る」

安積は、はっとして言った。

「犯人は荒尾じゃないと、三国さんは読んでいるんですか？」

「そうじゃない。ホシは荒尾で間違いないだろう」

「じゃあ、何をためらっているんですか」

今踏み込んで荒尾の身柄を確保すれば、安積の手柄になる。三国はその邪魔をしようとしているのではないだろうか。

安積が手柄を上げなければ、いつまでも半人前扱いできる。三国は安積を小僧のようにこき使えるわけだ。

安積は唇を咬んでいた。

三国が言った。

「ためらっているわけじゃない。こういうときは、慎重にならなければならないんだ」

安積は言った。

「荒尾が部屋にいることは間違いないんです」

「姿を目視したか？」

そう言われて、安積は一瞬言葉を呑んだ。

「いえ、姿を見てはいませんが、荒尾が帰宅したという証言を得ています」

先ほどの捜査員が言う。

「なら、間違いないだろう。身柄を取ってさっさと帰ろうぜ」

三国は言った。

「逮捕令状も捜索・差押令状もないんだ。どうやって踏み込むんだ。それに、令状があったって、日が暮れちまった。夜明けまで踏み込めない」

相手が顔をしかめる。

「そんなもの、どうとでもなるだろう。訪ねて行って職質だ。任意同行を求めるのも手だ。それで逃走をはかれば、緊急逮捕だ」

安積もそれでいいと思った。

杓子定規に逮捕の手順を踏むことはない。身柄を押さえれば、逮捕状の執行はいつでもできる。

三国はかぶりを振った。

「いや。様子を見る。そして、逮捕状と捜索・差押令状が届くのを待つ」

梃子でも揺るがないような口調だ。

安積は、自分がかなり無鉄砲なほうだと自覚していた。だが、ここで三国に逆らって単独行動を取るほど愚かではない。

悔しいが、三国に従うしかないと思った。

他の捜査員たちも、三国の言葉に従うことにしたようだ。

それにしても、いったいなぜ様子を見る必要があるのだろう。

安積はそれが不思議でならなかった。応援の捜査員が言ったように、身柄を取ってさっさと帰ればいいのだ。

すでに終業時間はとうに過ぎ、安積はまだ夕食にもありついていない。三国は様子を見るというが、それがいつまで続くかわからない。

まさか徹夜にはならないだろうが……。

仕事を増やしたいのなら一人でやればいい。

安積は心の中でそんなことをつぶやいていた。

様子を見るというのは、何か理由があってのことなのだろうか。

「じゃあ、俺たちは、ちょっと離れた場所からベランダの様子を見ることにする」

応援の捜査員はそう言うと、相棒とともに安積と三国のもとを離れていった。

二人きりになると、安積は尋ねた。

「様子を見るというのは、何か理由があってのことなんですか?」

三国はじっと部屋の明かりを見つめたままこたえた。

「そのうちわかるだろう」

「今説明してください」

「慎重にやりたい。それだけだ」

「目の前に被疑者がいるんです。身柄を取ればいいだけのことでしょう」

三国は溜め息をついてから言った。

「ひっかかるんだよ」

「ひっかかる? 何が、ですか?」

「荒尾はなぜ、自宅に戻ったんだろうな……」

「え……」

そう言われて安積は、先ほど、まさか自宅にはいないだろうと考えたことを思い出した。

自宅アパートの近くにやってきたのは、だめでもともと、と思いながらのことだ。

安積はどうこたえていいかわからず、黙っていた。すると、三国が言った。

「刑事はな、あらゆることを想定して事に当たらなければならないんだ」

それきり彼は、口を開かなかった。安積もしゃべらなかった。

そしてただ、時間だけが過ぎて行った。

4

桜井が村雨に言った。

「どうして様子を見なければならないんですか。犯人が部屋の中にいるのは明らかなんです」

この台詞(せりふ)に、安積はデジャヴを起こしたような気分になった。

桜井は、自分が信用されていないような気がして憤慨(ふんがい)しているのだろう。あのときの安積がそうだったように。

村雨が桜井に尋ねた。

「被疑者の姿を見たのか？」

この台詞も、あのとき三国が安積に言ったものとほとんど同じだった。

桜井は一瞬しどろもどろになる。

「いえ……。見てはいませんが、部屋の中で動きがあることは間違いありませんし、近所の住民の証言もあります」

「俺は、ちゃんとこの眼(め)で確認したい」

犯人を特定して、その所在をつかんだのは桜井だ。なのに村雨は手を出してはならないと言う。桜井はおさまらないだろう。

その気持ちを酌んで、安積は言った。

「今あせることはない。状況をちゃんと見極めることが大切だ」

桜井が言った。

「スピード逮捕となれば、安積班の手柄になります。署長も満足でしょうし、警視庁本部でも臨海署や安積班の評価が高まります」

「そんなことは考えなくていい。事件のことに集中するんだ。ともあれ、課長には報告して、逮捕状、捜索・差押令状を手配してもらう」

安積は電話をかけた。話を聞いた榊原課長が言った。

「奥原琢哉だな。わかった。スピード逮捕できればそれに越したことはない。また連絡する」

安積は電話を切った。

桜井は、まだ納得していないような顔をしている。

あのときの事件のことを話してやろうか。安積は思った。だが今はそんなことをしているときではない。

携帯電話が振動した。野村署長からだった。

「はい、安積」

「榊原課長から話は聞いた。今、被疑者の潜伏先のそばか？」

「はい。奥原のアパートの近くです」

「すぐに逮捕状と捜索・差押令状を手配させた。届き次第踏み込め。まだ日暮れには間がある」

「しばらく様子を見たいのですが……」

「何だって？　ぐずぐずしていると、本部の捜査一課がやってくるぞ。そうなれば、マスコミも集まってくる。時間が経てば経つほど、事態は面倒になる」

「捜査一課とマスコミはなんとか抑えてください」

「安積、被疑者は奥原で間違いないのだろう？」

「間違いないと思います」

「そして、そいつが今、目の前のアパートの部屋にいるんだな？」

「はい」

「だったら、さっさと事件を片づけろ」

「慎重にやりたいのです」

「冤罪（えんざい）の心配はないのだろう？」

「それはありません」

「だったら、どうして検挙しない？」

「ここは、私に任せていただけませんか」

しばらく無言の間があった。どうしたらいいか考えているのだろう。

やがて野村署長は言った。

「様子を見たいというのは、安積係長の判断か?」

「言い出したのは村雨ですが、私もそうすべきだと思っています」

「わかった。とにかく、逮捕状と捜索・差押令状は届けさせる。あとはどうするかは、安積係長に任せる」

「はい、ありがとうございます」

電話が切れた。

桜井が安積に言った。

「納得できる理由が知りたいです」

村雨は何も言わない。

俺に下駄(げた)を預けるつもりだな……。

安積は、桜井にどう説明しようか考えてから言った。

「須田が言ったことが気になる」

桜井と村雨が同時に安積を見た。

須田が戸惑ったような顔で言った。

「え、俺、何を言いましたっけ?」

「被害者は一人だったのだろうか、と……」

「あ、そうでしたね。ええ、たしかにあそこは一人で来るような場所じゃないと思っていました。それがずっとひっかかっていたんです」

それを聞いた桜井が言った。

「被害者は一人だったか……？」

怪訝な表情だった。

5

すっかり夜が更けていた。張り込みを始めてからどれくらい経っただろうか。それぞれの捜査員たちは、持ち場から離れない。

すでに、逮捕状と捜索・差押令状が届いており、それらを三国が持っていた。

張り込みで一番困るのが尿意だ。いくら切羽詰まったからといって、警察官が路上で用を足すわけにはいかない。軽犯罪法違反になる。

コンビニの普及に、ずいぶんと助けられた。それまでは、公園などの公衆便所を探すか、近くの民家でトイレを拝借するしかなかった。

空腹にも苛まれる。これもコンビニのおかげでずいぶんと助けられている。張り込みはたいてい二人一組なので、どちらかがトイレに行ったり食べ物を買出しに行ったりできる。

トイレに行くと言い出すタイミングがなかなか難しい。しょっちゅう持ち場を離れるわけにはいかない。用を足している間に何が起きるかわからないのだ。

かといって、いざ捕り物、あるいは追跡などといったときに膀胱がぱんぱんでは役に立たない。

午前一時を過ぎた頃、安積はその難しいタイミングを見計らって、三国に言った。

「ちょっと、トイレに行って来ます」

「待て」

「は……?」

生理現象なのだから、行くなと言われるはずはない。

「コンビニのトイレか?」

「そうです」

「じゃあ、何か食いもんを買って来てくれ。それと飲み物だ」

「あんパンと牛乳ですかね」

「いつの時代だよ……」

安積は、そっと持ち場を離れて、歩いて五分ほどのところにあるコンビニに向かった。用を足すと、食べ物を物色した。時間をかけてはいられない。腹に溜まるものでなければならない。コンビニのおにぎりは、包装を解くのが面倒なのでふさわしくない。

こういうときは調理パンだ。ウインナーソーセージを巻き込むように焼いたものや、焼きそばをはさんだものを適当に選んだ。それと、あたたかい缶コーヒーだ。

寒くもなく暑くもない、いい季節だが、夜や未明はかなり涼しい。

レジで会計をしていると、無線のイヤホンから三国の声が聞こえてきた。

「今どこにいる？」

安積は、レジを離れてから小声でこたえた。

「コンビニです」

「マル対が動いた。そっちへ行くようだ。コンビニにいて、様子を見ろ」

「わかりました。ここで待機します」

「いいか？　うかつに触るな。俺たちが行くのを待て」

「了解」

レジに戻り、会計を済ませる。レジ袋をぶらさげて、再び陳列棚の間に戻った。そのまま棚の陰から出入り口の様子をうかがう。

レジ係は、安積のほうを気にした様子はない。もしかしたら気になっているのかもしれないが、知らぬふりをしているのだろう。

しばらくして、自動ドアが開いた。レジ係の「いらっしゃいませ」の声。

男が入って来た。黒いスポーツウエアの上下だ。キャップはかぶっていないし、サングラスもマスクもしていない。

コンビニ強盗で目撃された服装ではない。だが、荒尾重明に間違いない。髪は金色に染めている。

安積は、緊張した。三国たちは尾行していると言ったが、どこにいるかわからない。今、無線連絡は取れない。荒尾に監視を気づかれる恐れがある。

荒尾はコンビニのかごを手に取り、食品の棚に近づいて行った。食べ物を買いに来たようだ。

「安積、聞こえるか」

イヤホンから三国の声が流れてきた。「聞こえていたら、トークボタンを二回押せ」

安積は言われたとおりにした。三国の声が続く。

「マル対が店を出たところで声をかけて、逮捕状を執行する。おまえは退路を断て。わかったら、トークボタン二回だ」

安積はトランシーバーのボタンを二度押した。

食べ物と飲み物をかごに入れた荒尾がレジに行く。安積は、レジから離れた場所から荒尾の様子をうかがっていた。ただ買い物をしているだけに見えた。

荒尾がコンビニを出る。自動ドアが開いた。安積も出入り口に向かう。

荒尾の動きが一転した。左手に向かって駆け出したのだ。手にしていたレジ袋を放り出している。

正面に三国と応援の捜査員が一人いた。その姿に気づいたのだ。

「追え」

三国の声が聞こえた。

言われなくても追うさ。

安積は、心の中でそう言いながら、駆け出していた。コンビニの前に小さな広場があり、その向こうは細い路地だ。

荒尾が路地に入るところで、安積は飛びついた。二人でアスファルトの上にもんどり打って転がる。

安積は膝と肘をしたたか打ったが、荒尾にしがみついていた。ここで取り逃がすわけにはいかない。

何度か拳で殴られた。それでも安積は離れず、柔道の寝技の要領で腕と脚を絡めていた。やがて、応援の刑事たちが二人やってきた。

三人で暴れる荒尾を取り押さえる。

「安積、手錠を打て」

三国の声が聞こえた。安積は驚いてその声のほうを見た。

三国は言った。

「おまえの手柄だ。おまえが手錠を打つんだ」

やってきたパトカーに荒尾の身柄を押し込んだ。捜査員二人が目黒署にその身柄を運ぶ。

三国と安積は、家宅捜索のために荒尾のアパートに戻った。玄関の側を見張っていた二人の捜査員が彼らを待っていた。

管理人から借りた鍵で、ドアを開ける。

「シゲちゃん？」

部屋の中から若い女の声がして、安積は驚いた。三国は表情を変えずに言った。

「警察です。部屋を調べさせてもらいます」

部屋着姿の若い女性が姿を見せた。

「警察？　シゲちゃんは捕まったの？」

三国がこたえる。

「あなたは？」

「えーと、シゲちゃんの友達ですけど……」

ただの友達ではないだろう。それは後で調べればわかることだ。

「名前は？」

「木島友紀（きじまゆき）」

「お話をうかがいたいんで、署まで来ていただけますか」

木島友紀は、肩をすくめた。

「別にいいけど……。着替えるの待ってくれる？」

「どうぞ」

「そっか……。シゲちゃん、やっぱり捕まったか……。私、自首しなさいって言ってたのよね」

彼女が着替えるというので、台所の引き戸を閉めて待つことにした。

安積は三国に言った。

「彼女の声がしても、驚いた様子がありませんでしたね」

「ああ、驚かなかったよ。予想していたからな」

「それで、踏み込まずに様子を見ると言ったのですね」

「言っただろう。荒尾が犯行後、自宅に潜伏していたのが気になるって……」

「はい。実は自分もそれが妙だと思っていました。強盗の前科があるんだから、警戒して自宅へは戻らず、どこか別なところに潜伏しているのが普通じゃないかと思っていたのですが……」

「こういうときにホシが自宅に戻るのは、自宅に誰かいるからなんだ」

「実際に、交際している女性がいましたね。友達と言っていますが、付き合っているのは明らかです」

「そこにのこのこ警察が訪ねていってみろ。その誰かを人質にして、立てこもり事件に発展しかねない。そうなったら、俺のクビくらいじゃ済まないよ」

人質立てこもり事件となれば、とたんに対応は大がかりになる。本部の強行犯担当の係だけでなく、SIT（捜査一課特殊犯捜査係）もやってくるだろう。機動隊も出動する騒ぎになるかもしれない。所轄の人員も大幅に割かれることになる。

指揮本部もできて、目黒署の予算は吹っ飛ぶ。そうなれば、強行犯係の大失態だ。

俺が先走って、アパートの部屋を訪ねなくて本当によかった。

安積はしみじみとそう感じていた。

「お待たせしました」

木島友紀が着替えを済ませて出てきた。玄関の外にいる二人の捜査員に彼女を任せた。

安積と三国は家宅捜索を始める。

「安積」

三国に呼びかけられ、安積は捜索の手を止めた。

「はい」

「我慢するのも刑事の仕事だ。覚えておけ」

安積は、深くうなずいて言った。

「わかりました。覚えておきます」

6

「それで、被害者に連れがいたかどうか、確認は取れたのか?」

安積が尋ねると、須田はことさらに深刻な顔つきになった。まるで、大きな秘密を打ち明けるような顔だ。

「それがですね、いたようなんです。従業員で覚えていた人がいました。女性だったということです」

「女性……。カップルだったのか」

「ええ、そういうことだと思います」

「その女性の行方は?」

「まだ不明ですね。それでですね……。ええと、今話していいですか？」

「かまわない。続けてくれ」

「通信指令センターに問い合わせて、通報者の電話番号を聞き出しました。そして、通報者を見つけて話を聞きました。通報した後、現場を離れたのは、事件と関わりたくなかったからだそうです。通報者が言うには、被害者が倒れていたとき、近くに誰もいなかったというのです。おかしいですよね。連れがいたのなら、その人が救急車を呼ぶなり、一一〇番するなりするはずだし、倒れている知り合いのそばを離れるとは思えないです」

安積はそれを聞いて言った。

「おまえは、奥原がその女性を連れ去ったんじゃないかと考えているんだな？」

「え？　ええ、まあ、そういうことです」

「だとしたら、救出することが先決だ」

村雨が桜井に尋ねた。

「奥原が部屋にいるところを、近所の人が目撃したのだろう。誰かを連れていたか見ていないのか？」

「いいえ……。奥原を見かけたとだけ……」

「確認を取ってくれ。その目撃者にもう一度訊いてみるんだ」

「わかりました」

桜井にも事態の重大さがわかったようだ。彼は、すぐに駆けて行った。

須田が自信なげに言った。

「加害者が被害者の同行者を連れ去るなんてことがあり得ますかね？」

安積はこたえた。

「あり得るな。顔を見られたので、放っておけないと思ったのだろう」

「でも、人質を連れて行くなんて、自ら面倒事を背負い込むようなものですよね」

「犯行時にそんなことを冷静に考えるやつはいないよ。たいていは加害者のほうもパニック状態だ」

「そうですね……」

桜井が戻ってきて告げた。

「目撃者は、濡れ縁のところのガラス戸を開けた奥原をちらりと見ただけだと言っています。誰かがいっしょかどうかは不明です」

安積は言った。

「人質がいると仮定して対処すべきだ。村雨と桜井は玄関の側を固めてくれ。須田と黒木は、縁側に向かって右側、俺と水野は左側だ」

安積の指示に従って、係員たちが散っていった。

水野が安積に言う。

「被害者の連れだったという女性、無事だといいんですけど……」

安積は迷っていた。課長に女性のことを知らせるべきだろうか。そうすれば、課長は野村署長に伝え、野村署長は警視庁本部に連絡するだろう。

本部の捜査一課が乗り込んで来て、SITに、機動隊……。

あのときも、もし上に報告すれば本部の捜査一課がやってきたはずだ。

三国は報告せず、ただ様子を見ていただけだ。安積も、それに倣うことにした。三国の判断は、最良の結果をもたらしたのだ。

安積は、このまま様子を見つづけることにした。なるべく事件を大きくしたくなかったし、何より所轄の意地があった。

午後五時に、奥原の逮捕状と捜索・差押令状が安積のもとに届いた。そして、午後五時半頃、村雨から電話があった。

「はい、安積」

「部屋から男が出てきました。奥原と思われます」

「触らずに尾行しろ。人着の確認だ」

「了解。電話を切らずに尾行します」

安積は、携帯電話を耳に当てたまま、水野に言った。

「須田に電話して、玄関前で待機だと伝えてくれ。俺たちは、村雨たちのバックアップだ」

「はい」

水野が須田と連絡を取り合う。

村雨の声が聞こえてきた。

「確認しました。奥原に間違いありません」

「水野、須田に部屋を調べるように言ってくれ。緊急事態だ。捜索・差押令状は後で提示する」

「了解しました」

それから、村雨に言う。

「俺と水野もそちらに向かう。奥原の行く先は？」

「たぶんコンビニだろうと、桜井が言っています」

コンビニ……。

これも、あのときと同じだ。あのとき荒尾は、二人分の食べ物を買いに出たのだ。おそらく奥原もそうなのだろう。

行き先が本当にコンビニであってほしいと、安積は思っていた。

このまま逃走するとしたら、すでに人質を殺害している恐れがある。コンビニで食べ物を買って部屋に戻るつもりだということは、まだ人質が生きている可能性が高い。

村雨が言った。

「今、奥原がコンビニに入りました」

そのとき、電話を耳に当てた水野が言った。

「須田君からです。部屋に女性がいました。被害者の連れだった人物です」

「人質は確保したな？」

「はい」

安積は電話の向こうの村雨に言った。

「コンビニを出たところで、奥原の身柄確保だ」

「了解しました。コンビニ前で待機します」

安積と水野は、すぐにそのコンビニを発見した。店の前が駐車場になっており、そこに駐まっている車の陰に村雨と桜井がいた。

安積は村雨に近づき言った。

「俺と水野は出入り口の向こう側に行く。奥原が出てきたらすぐに確保だ」

「了解しました」

安積と水野が持ち場についてからほどなく、コンビニの自動ドアが開いて若い男が姿を見せた。奥原琢哉に間違いない。

手筈通り、村雨と桜井が行く手をふさぐように立ち、声をかける。

奥原は、左側に走った。安積と水野がいるのと反対側だ。

「追うぞ」

安積は水野に言った。そのときにはすでに水野は駆け出していた。たちまち安積との差が開いた。

水野の脚力はあなどれない。

駐車場を出るところで、桜井が奥原に追いついた。二人は、もつれるように地面に転がった。

やはり荒尾のときとほとんど同じ状況だった。

水野と村雨が加わり、三人で奥原を取り押さえた。そこに到着した安積は言った。

「桜井、おまえの手柄だ。おまえが手錠を打て」

桜井は一瞬、驚いたように安積を見て、それから村雨の顔を見た。

村雨がうなずいた。

桜井は手錠を取りだし、荒尾の手にかけた。

安積は言った。

「現在午後五時五十六分。奥原琢哉、強盗致傷の容疑で逮捕状を執行する」

「安積、報告を聞いたときは肝を冷やしたぞ」

課長とともに署長室に呼ばれた安積は、野村署長にそう言われた。

「報告が遅れて、申し訳ありません」

「まさか、被疑者の自宅に人質がいたとはな……。俺が言ったとおり、奥原の身柄確保に行っていたら、人質の身が危なかった」

榊原課長が横から言った。

「あるいは、立てこもり事件に発展していたかもしれません」

野村署長が顔をしかめる。

「想像するだけでうんざりだな。指揮本部に機動隊だ……」

安積は言った。

「事件は所轄で処理できれば、それに越したことはありません」

野村署長はうなずいた。

「俺もそう思うよ。今回はいい判断だった」

「様子を見ようと言い出したのは村雨です」

「村雨はいい刑事になったな」

「はい」

安積は、三国の顔を思い出しながら、そうこたえた。


人質となった女性の名は、保科美由紀（ほしなみゆき）。被害者の交際相手だ。

彼女は駐車場のトイレに行っており、戻って来たときに事件を目撃したのだった。茫然（ぼうぜん）自失（じしつ）となっていた彼女に、奥原が血まみれのナイフを突きつけた。

抵抗する気力を失い、そのまま車に乗せられ、部屋に連れて行かれた。その間のことはよく覚えていないと言う。

部屋では抵抗力を奪われた。暴力を振るわれるようなことはなかったが、何をされるかわからないという恐怖感で、何もできなかったと言っている。

彼女から事情を聞いている間に、病院から知らせがあった。被害者の手術は無事に成功したが、今はまだ鎮静剤で眠っているということだった。

保科美由紀にそれを伝え、病院に送ることにした。

一方、奥原は金目当ての犯行だったと自供した。人質を取ったのは咄嗟のことで、自分でもどうしてそんなことをしたのか覚えていないと言う。

安積が考えていたとおり、冷静さを失っていたようだ。初犯でなくても刃傷沙汰は冷静ではいられないのだ。

奥原は、人質をどうするか、まったく考えていなかったという。殺害するか、部屋に残したまま逃走するか……。それを決めかねて、取りあえず何か食べることにした。人質にも何か与えなければならない。それでコンビニに出かけることにしたということだ。

長年警察官をやっていると、似たような事件を経験することもある。犯罪はパターン化しているとも言える。

だから刑事は筋を読み、事件を解決へと導くことができる。

今回のように、過去に同様の事件があることで、適正な判断を下すことができる場合もある。それが経験というものだ。

そして、先輩の貴重な教えでもある。先輩から後輩への教えは、みぎわに波が寄せては返すように、繰り返される。

席に戻ると、村雨が一人で書類仕事をしていた。

安積は尋ねた。

「他の連中はどうした?」

「須田と黒木は、引き続き奥原の取り調べです。水野は、保科美由紀を病院に送って行きました」

「桜井は?」

「殊勲者ですからね。久しぶりに早く帰してやりました」

安積は、椅子に座ろうとしてふと思いつき、言った。

「ちょっと屋上に行かないか?」

「屋上?」

「今日は朝から海が見たかったんだ」

「係長、もう暗くて海なんか見えないでしょう」

「いいからちょっと付き合え」

安積は先に階段に向かった。所轄の警察官は、あまりエレベーターを使わない。村雨は無言でついてきた。

屋上に出て、東京湾のほうを見た。

村雨が言ったとおり、海は真っ暗だったが、それでも安積は満足だった。

潮の香りがする。

村雨は、安積の斜め後ろに立っている。

安積は村雨のほうを見ないで言った。

「桜井の手柄にして、申し訳なかった。本当はおまえの手柄だ」

「そんなことはありません。犯人を割り出し、所在を確認したのは桜井です」

「いや、今回の本当の殊勲賞はおまえだ」

「係長からそんなことを言われると、妙に照れますね」

「俺が若い頃(ころ)に、まったく同じような事件があった。そのとき、俺は三国さんという先輩と組んでいてな……」

「三国さんならお目にかかったことがあります」

「そのときの話を聞いてくれるか？」

一瞬間があり、村雨が言った。

「喜んで……」

安積は、あの事件のことを話しだした。

いかに自分が未熟だったか。どれくらい三国に教えられたか。

そして、あのとき、手錠を打てと言われたことがどれほど嬉しかったか。
村雨のほうは見なかった。
だが安積には、村雨も海を見ているのがわかっていた。

不屈

1

水野真帆巡査部長は、臨海署の玄関を出ると、深呼吸をした。

人工の島、お台場なのだから、海の匂いがするのではないかと思ったが、そうでもなかった。

そういえば、安積係長が、潮の匂いが強くするときと、まったく感じないときがあると言っていたことがある。

風向きのせいだろうか。夕凪の時間なのかもしれない。

今日は久しぶりに定時で帰れる。臨海署刑事課強行犯第一係、通称「安積班」は、三日前に発生した強盗事件の犯人を追っていた。

安積班に所属している水野も、深夜まで捜査に駆け回った。そして、今日被疑者を確保し、送検の手続きを終えた。

疲れているが、気分は高揚している。一杯やりたい気分だ。事件解決後は、係員たちと祝杯を上げに行くこともあるが、今回はみんなと折り合いがつかなかった。

さて、どうしたものかと考えていると、声をかけられた。女性の声だ。

振り向くと、東報新聞の山口友紀子記者の姿があった。

「強盗犯、確保ですね」

「副署長が記者発表するはずだから、それを聞いてね」

「記事はもう送りましたよ」

「あら。じゃあ、もう用はないはずね」

「そうですね……。用はないんですけど……」

刑事としては、記者とあまり親しくしてはいけないと思う。だから、つとめて事務的に接しているのだが、実をいうと水野は、山口に親近感を抱いていた。

お互いに、男性社会で苦労をしている立場だ。共通の悩みはたくさんあるはずだ。

そして水野は、その山口の口調がふと気になった。

「用はないけど……？」

「前から水野さんに訊いてみたいことがあったんです」

「なあに？」

「須田さんと同期だったんですよね？」

「あら、須田君のこと？　あなたが興味あるのは、黒木君じゃなかったの？」

「それ、ただの噂です」

「須田君の何が知りたいの？」

「いろいろです。須田さんって、ミステリアスじゃないですか」

「そうかしら」

「そうですよ。どう見たって、村雨さんのほうが年上だし頼りになるタイプじゃないですか。それなのに、安積係長はなんだか須田さんを頼りにしているような感じだし……」

　水野は驚いた。

　たしかに、安積係長はよく須田の意見に耳を傾ける。そして、好き嫌いで言えば、村雨よりも須田に好感を持っているのかもしれない。

　それは、内部にいてこそわかることだと思っていた。山口の眼にもそう映っているということだ。その事実に驚いたのだ。

「係長は昔、須田チョウと組んでいた時期があるから……。でもね、係長の村チョウに対する信頼も篤いの。勘違いしないでね」

「須田さんの、若い頃のことか、聞いてみたいなと思ったんです」

　水野は少し考えてから言った。

「一杯、付き合う？」

「いいんですか？」

「その代わり、条件がある」

「何ですか？」

「事件の話はなし」

「はい」

「そして、敬語もなし。タメ口で話してね」

「わかりました……。じゃなくて、わかった」

「じゃあ、行きましょう」

水野は、食事を兼ねて海浜公園の脇に建つビルの三階にあるイタリアンレストランに山口を連れて行った。

落ち着いて話ができそうなテーブル席に案内してもらい、ビールを注文した。山口もビールだ。

「マルゲリータが絶品なのよ」

水野が言うと、山口はうなずいた。

「じゃあ、ぜひ。それと、魚介類も食べたいわね」

「了解」

ビールがやってきて、注文を済ませると、山口がさっそく言った。

「須田さんって、昔はどんな感じだったのかしら」

水野は、冷たいビールを一口味わってからこたえた。

「今とそれほど変わらないわ」

「太ってるわよね」

「太ってるわね」

「それも昔から？」

「そうね」

「へえ……」

「刑事になって太る人もいる。生活が不規則で夜中にどか食いしたりするから……。でも、須田君の場合、警察学校で初めて会ったときから太ってたわ」

「警察学校の訓練って、厳しいんでしょう？　太ってたら、ついていけないんじゃない？」

「だから、須田君はいつもびり」

「びり……」

「そう。体力測定や持久走の訓練なんかだと、必ず最下位。術科もぎりぎりでパスしたってところね」

「警察学校の頃からよく知っていたの？」

「教場もいっしょだし、班もいっしょだった」

「教場って、普通の学校で言うクラスのことね」

「そう。私たちは、柴田(しばた)教場。つまり、柴田教官のクラスということね」

「班は何人？」

「たいていは五人なんだけど、うちの班は六人だった。教場が三十一人だったので、割り切れなかったのね」

「警察学校って、何でも競い合うんでしょう？　教場ごととか、班ごととか……」

水野はうなずいた。

「そのとおり。教場内でまず班ごとに競争がある。試験の成績や体力測定、訓練などを競い合って、順番をつけるの。今どきのモンスターペアレンツが卒倒しそうなくらいに徹底的に競争させられる」

「モンスターペアレンツ……？」

「運動会で、勝ち負けを決めるのがよくないと父兄が言い出して、結局順位をつけるのをやめた小学校があると聞いたことがある」

「ああ、その話……。負けた子が傷つくとか、平等じゃないというクレームをつけたのよね」

「そういう父兄は、一度警察学校に体験入学させたいわよね」

「それ、いいかも……」

「私たちの班は、きつかったわよ。なにせ、いつもびりの須田君がいるんだから」

「じゃあ、班もびりなわけ？」

水野はビールを飲み干して言った。

「それがね、須田君がいると、不思議なことが起きるの」

「不思議なこと……？」

「残りの五人が、須田君をカバーしようとして、普段以上の実力を発揮してしまうのよ」

「へえ……」

「須田君は、運動や術科が苦手なだけじゃなくて、討論なんかでも積極的に発言するほうじゃなかった。その分、私たちが発言しようと努力するわけ。結果的に、うちの班がいい成績を修めたりしたわ」

「じゃあ、須田さんは、警察学校でいじめにあったりはしなかったんですね」

「もちろん、のろまな須田君を悪く言う者はいた。でも、卒業する頃には、すっかりそんなことはなくなっていた」

水野は、料理を運んで来たウエイターに言った。「ビールおかわり、お願い」

「それも不思議ね」

「そうなの。実は私も、同じ班になった当初は、どうしてこんな人といっしょになったのかと思ってしまったわ」

「でも、変わっていったのね？」

「本当に不思議だった。のろまで要領が悪い須田君に、いつしか敵わないと思うようになっていた」

「須田さんに敵わない……？」

「そう。いつの間にか、そんな気持ちになっていた。そして、決定的なことが起きるの」

「決定的なこと？」

「そう。卒配になり、現場実習をやるんだけど、私はまた須田君といっしょになるの」

「同じ警察署に配置されたってこと？」

「そうよ。当時、都内の警察署は百一。採用者は、私たちのときは、Ⅰ類、Ⅲ類、合わせて千八百人くらいいたから、当然一つの警察署に何人もの新卒警官が配置されることになる」

「そうなのね」

「まずは、男性は地域課で交番勤務、女性は交通課というのが定番。私たちのときは、その後、刑事課や生安課などの実習もやったわ。決定的なことは、須田君が刑事課の実習を受けているときに起きたの」

絶品のマルゲリータを頬張り(ほおば)ながら、山口が水野を見つめていた。

水野は続けて話しだした。

2

下町を管区とする警察署に配置された後、慣例に従って、須田は地域課、水野は交通課で実習をすることになった。

水野は、現場に出ても必要以上に緊張することはない、訓練と同じにやればいいのだと、自分に言い聞かせていた。

そのおかげで、交通課の任務を問題なくこなしていた。先輩の女性警察官とともに、ミニパトに乗り、駐車違反などの交通違反を取り締まる。

水野は着実に習熟していった。

須田もなんとか任務をこなしている様子だった。

地域課は、四交代の当番制だったので、シフトが合わず、水野と須田は、なかなか顔を合わせることがなかった。

水野も実習で精一杯だったし、しばらくは須田のことを気づかう余裕もなかった。

須田のことだから、きっと現場でもうまくやれる。水野はそう考えていた。

彼が認められるようになるのは、簡単なことではないことはよくわかっていた。

警察学校に入学した当初そうだったように、周囲の者たちは、須田のことをのろまだと思い、反応の鈍さに苛立つに違いない。

案の定、ときおり耳に入る須田の評判は、あまり芳しくはなかった。

だが、時が経つにつれて、悪い噂が聞こえなくなってきた。おそらく須田が少しずつ持ち味を発揮してきたのではないかと、水野は期待していた。

たまに須田の姿を見かけるようになったのは、卒配から三ヵ月が過ぎて、水野が生安課に、そして須田が刑事課に配置替えになってからだった。

そこでさらに二ヵ月の実習がある。その後また別の部署での二ヵ月の実習を終えると、警察学校に戻り、初任総合科の研修を受けることになっていた。

須田の姿を署内で見かけるようになったのは、刑事課も生活安全課も日勤だからだ。

須田はいつも先輩に怒鳴られているような印象があった。刑事たちはたいてい、せっかちだ。きびきびとした迅速な行動が好まれるのだ。

刑事だけでなく、警察官はみんな早飯になると言われている。ぐずぐずと食事をしていてはいけないのだ。そして、誰もが早足で歩くようになる。

須田はそうした風潮にはそぐわないだろう。あるとき、刑事課のほうからまた怒鳴り声が聞こえてきた。

「おまえみたいなのろまが、よく警察官になれたな。とっとと辞めちまえ」

見ると、やはり須田が怒鳴られているのだった。

須田は頭を垂れて、ただ悲しそうな顔をしているだけだ。

特に大きなへまをやったわけではないだろうと、水野は思った。須田は、そんなに無能ではない。

ただ、その動作や仕草が、先輩刑事を苛立たせるのだ。

須田はそれでも懸命に仕事をこなしているように見えた。警察学校や地域課でそうだったように、刑事課でもきっと認められるときがくる。水野はそう思っていた。

ある日、刑事課の強行犯係が騒がしくなった。

水野は思わず、指導担当の生安課捜査員に言った。

「何事でしょう」

指導担当は下田という名の四十代の巡査部長だ。下田がこたえた。

「ああ、捕り物のようだな」

「捕り物……?」

「路上強盗の被疑者が逮捕されたんだそうだ」

事件は三日前に起きた。

管内の路上で、四十代のサラリーマンが殴られ、鞄を奪われた。その被疑者の身柄が確保されたのだ。

中年の捜査員はさらに言った。

「どうやら、防犯カメラの映像が決め手になったらしいな」

このところ、防犯カメラがあちらこちらに設置されるようになり、それが手がかりとなることが増えてきた。

いずれ、目撃情報を聞いて回るよりも、防犯カメラに記録されている映像を解析することのほうが重視される時代が来るのではないかと、水野は密かに思っていた。

水野は鑑識に興味があった。これからは科学捜査の時代だと考えていた。決定的な証拠を突きつければ、犯人は言い逃れができない。

その決定的な証拠は、科学捜査によって得られると考えていた。防犯カメラの映像解析も、今後はますます重要になってくるはずだ。

被疑者の身柄を署に運んで来たようだ。すぐに取り調べが始まるのだろう。

強行犯係のあたりは相変わらず賑やかだ。捜査員たちは気分が高揚している様子だ。水野は、その中に須田の姿があるのに気づいた。

彼を見て水野は、「おや」と思った。

須田は、一人難しい顔をしている。困ったような、あるいは怒りを抑えているような表情だ。

どうしたのだろう。

水野は気になったが、そのまま下田とともに、飲食店の許可についての手続きを始めなければならなかった。

実習の最中に、他のことに気を取られているわけにはいかない。水野は、生安課の仕事に集中した。やってきたさまざまな飲食店の責任者を風適法に沿って指導し、提出される書類を受理する。

夕刻までその仕事に追われ、須田のことは頭になかった。

終業時間が過ぎた頃、帰り支度をしようとしていた水野は、また強行犯係のほうから怒鳴り声が響くのを聞いた。

そちらを見ると、やはり須田が先輩刑事に叱られていた。だが、いつもの須田と、少しばかり様子が違う。

怒鳴られると須田は、うつむいて、黙って相手の言うことを聞くのが常だった。だが、そのとき須田は、真っ直ぐに相手を見つめていた。

いったい何があったのだろう。

水野は、さりげなく彼らのほうに近づき、耳をすました。

先輩刑事が言った。

「おまえ、自分で何を言っているのかわかってるのか？　なめるのもいいかげんにしろよ」

須田が言い返した。

「いえ、決してなめているわけではありません」

「てめえ、口ごたえするのか？　なんだその眼は。のろまなだけじゃなくて、俺たちに反抗しようってのか」

「俺……、いや、自分は思ったとおりのことを言っているだけで……」

「ふざけんな。被害者の証言だって取れてるんだ。あとは自白を待つだけだ。てめえはお茶くみでもしてろ」

先輩刑事は、須田に背を向けた。

須田は、しばらくその背を見つめていたが、やがて、悲しげな顔で机に向かった。

須田が先輩に反抗的な態度を取るなんて、よほどのことだ。事情を訊いてみたいと思ったが、実習中の身では勝手なことはできない。

せめて、勤務が終わるまで待とうと、水野は思った。

強盗の被疑者の取り調べはまだ続いているようで、強行犯係の捜査員たちは終業時間後もいっこうに帰宅しようとはしなかった。

当然、須田も帰れない。

水野の今日の仕事は、風適法の指導と手続きだけだったので、定時に終わった。このまま、帰ってもよかった。

だが、どうしても須田のことが気になった。何があろうと、あと三ヵ月ほどでいったん警察学校に戻る。だから、じっと我慢していれば済む話だ。

そんなことは須田だって百も承知のはずだ。なのに、どうして須田はわざわざ先輩刑事を怒らせるようなことをしたのだろう。

水野は、須田の仕事が終わるのを待とうかと思った。だが、用もないのに署に残っていると、変に思われるのではないかと気になった。

刑事課の外の廊下でたたずんでいると、下田が通りかかり、声をかけてきた。

「水野じゃないか。どうしたんだ？」

「あ、強行犯係のことがちょっと気になって……」

「なんだ、自分の実習以外のことも気になるのか。熱心なやつだな」

下田は笑顔を向けてくる。水野に対する当たりは、他の実習生よりも柔らかいような気がする。

やはり、若い女性は得なのだと、水野は自覚する。ハンデもあれば、メリットもある。そういうものだ。

「この後、私も刑事課で実習を受けることになるかもしれないでしょう」

「そうだな……」

「刑事課は、なんだか怖そうですね。特に、強行犯係とか……」

「今、彼らはたいへんだからな」

「たいへん……？」

「そう。被疑者が落ちないんだよ」

「自白しないということですか？」

「そう。罪を認めないんだそうだ。せっかく捕まえたのにな……」

「防犯カメラの映像が決め手になったと言ってましたね」

「そうらしいな」

「ならば、ちゃんとした証拠があるわけですよね。被害者の証言もあるみたいだし、自白がなくても起訴できますよね。何がそんなにたいへんなんでしょう……」

「さあな。強行犯係のことは、俺にはわからないな」

日本の警察は、自白至上主義だとも言われている。証拠が多少曖昧(あいまい)でも、自白が取れればなんとかなると、長年考えられてきた。

そして、刑事は被疑者を「落とす」ことが重要だと考えられてきた。自白を取るためには、刑事はどんなことでもするという話を聞いたことがあった。

実際、被疑者を寝かせないで、交代で捜査員が厳しく尋問するという拷問まがいのことをやることもあるようだ。

相手を挑発するために、ひどく傷つけるようなことをわざと言うらしい。

そうした前近代的な捜査をなくすためにも、科学捜査が必要だと、水野は考えていた。

下田が水野に言った。

「強行犯係のことを気にしていてもしょうがないぞ。早く帰れ」

「はい」

水野は、寮で須田の帰りを待つことにした。

須田が帰ってきたのは、午後十一時半頃のことだった。

警察署の独身寮では、男女の交際を禁じられているが、警察学校の寮ほど厳しくはない。食堂などの公共の場では会話することもできる。

水野は、廊下で須田を捕まえると、立ち話を始めた。

「被疑者は自白したの？」

須田は驚いた顔で水野を見た。

「え、どうしてそんなことを訊くんだ？」

「強行犯係は、ぴりぴりしているんでしょう？」

「ぴりぴり……？　ああ、そうだね……」

「それで、先輩に怒鳴られていたでしょう」

「まあ、怒鳴られるのはいつものことだよ」

通り過ぎる寮の住人たちが、水野と須田をじろじろと見る。須田がそれを気にした様子で言った。

「ちょっと、ここで話をするのはまずいな……」

「どうして？　同期の仲間が立ち話をしているだけじゃない」

「水野は目立つから……」

「そう言われるのは光栄だけど、話が聞きたいのよ」

「じゃあ、食堂に行こう」

二人は、移動してテーブルで向かい合った。水野はさっそく話しはじめた。

「たしかに、先輩に怒鳴られるのはいつものことだろうけど、相手を見返すのは珍しいことだと思った」

須田はまた、驚いたように目を丸くした。

どうも彼の仕草は、わざとらしい。安っぽいテレビドラマの演出のようだ。

「見てたのか？」

心配だったとは言いにくかった。

「たまたま通りかかったときに見えたのよ。いつもの須田君じゃないと思った」

須田は、周囲を見回した。深夜の食堂は人影もまばらで、二人の話を聞かれる心配はない。にもかかわらず、須田は声を落とした。

「被疑者は罪を認めていない。それなのに、強行犯係の捜査員たちは、厳しく追及して、なんとか自白させようとしているんだ」

「当然なんじゃないかしら。それが刑事の仕事でしょう」

「ちゃんとした証拠があるんなら、それでもいいと思う」

「あら……。防犯カメラの映像があるんじゃないの？」

「たしかに、その映像が逮捕のきっかけになったんだけど……」

「じゃあ、動かぬ証拠があるということね」

「ところが、そうじゃないんだ」

水野は思わず眉をひそめた。

「どういうこと？」

「たしかに、被疑者の青田俊一は防犯カメラに映っていたんだ。だけど、それが動かぬ証拠というわけじゃない」

「どうして？　映像があるなら決定的でしょう」

須田は不思議そうに水野を見た。

「水野も、先輩刑事と同じことを言うのか……」

「だって、犯行が映像に捉えられていたわけでしょう？」

須田はかぶりを振った。

「そうじゃないんだ」

「え……。そうじゃない？」

「捜査員たちはまず、被害者が映っている映像を見つけた。コンビニの前の駐車場に設置された防犯カメラだ。それって、犯行現場の近くだったんだ。……で、次に被害者が映った直後に映っていた人物に注目した。それが、青田俊一だったってわけ」

水野は困惑した。

「待って……。被害者の次にビデオに映っていた人物、ただそれだけなの？」

「そう」

「犯行の瞬間が映っていたわけじゃないのね？」

「違う。映像では、二人は接触もしていない」

「それで、どうしてその青田という人物が被疑者になったわけ？」

「青田の過去だよ。彼は非行少年だった。補導されたこともある。今彼は三十三歳だけど、定職もなくアルバイト暮らしだ。それに、茶髪にピアスという見かけだからね……」

「見かけと犯罪は関係ないでしょう」

「先輩や上司はそうは思わないようだよ。見かけや過去に左右されるんだ」

「過去に補導されたことがあると言ったわね。何で補導されたの？」

「カツアゲだ。恐喝だよ」

恐喝が路上強盗にエスカレートした。強行犯係の捜査員たちはそう考えたのだろう。定職についていない三十三歳の茶髪男。たしかに怪しいと言えば怪しい。

だが、犯行の証拠はない。被害者が映っていたビデオに、彼も映っていた。事実はそれだけだ。しかもその防犯カメラはコンビニの駐車場にあったのだという。

つまり、誰が映っていてもおかしくはないロケーションだということだ。

「それで逮捕状が下りるなんて……」

「請求すれば、裁判所はたいてい発行してくれるようだよ。それらしい説明があれば……」

「それらしい説明……？」

「ベテラン捜査員たちがストーリーを作るんだ。いわゆる、絵を描くってやつだね」

「捜査員が描いた絵を、裁判所が鵜呑みにしたということ？」

「そして、送検したら、たいていは検事も鵜呑みにするらしい。捜査員たちは、なんとか自白を取ろうと、被疑者を徹底的に締め上げる。もし、被疑者が自暴自棄になったり、根負けしたら、やってもいないのに自白してしまうかもしれない」

「それって……」

「そう。そうやって冤罪が作られるんだ」

水野は驚いた。

「つまり、今強行犯係は、冤罪を作ろうとしているわけね」

「俺はそう考えている」

「それを先輩に言ったのね？」

「言った。俺の指導係に……」

「須田君を怒鳴っていた刑事ね」

「そう。ベテラン捜査員がストーリーを作り、それを係長が認めた。それに逆らうな、というんだ」

たしかに須田は実習中の新人警察官だ。強行犯係の捜査員ですらない。周囲は、須田の発言を認めようとはしないだろう。

「それは黙っているわけにはいかないわね」

「そう。無実の人が、罪を着せられようとしている。一度起訴されたら、有罪率は九十九・九パーセントだ。そして、もし有罪になったら、その罪を晴らすことはほぼ不可能に近いくらい難しいんだ」

「たしかに、そうね」

「刑事にとってはこの件は、多くの事件の中の一つでしかない。毎日毎日事件は起きる。どんどん処理していかなければ、抱える事案がどんどん溜(た)まっていくんだ。処理できるものはさっさと処理したい。だから、ベテランが絵を描く。それで自白が取れれば一丁上がりなんだ」

須田がにわかに饒舌(じょうぜつ)になってきた。

心の中にあるものを吐き出そうとしているのだろう。

彼は、自ら発言しようとはしないが、考えていないわけではないのだ。それどころか、人一倍いろいろなことを考えている。

それがなかなか理解されにくい。

水野は言った。

「警察官にとっては、多くの事件の一つ。でも、被疑者や被害者にとっては唯一無二の事件なのよね」

「そう。仕事に慣れてくると、そして、仕事に追われて疲れてくるとそのことを忘れてしまいがちだ。けどね、それって、絶対忘れちゃだめだろう」

「それで、須田君、どうするつもり？」

「確かな証拠がない。このままだと冤罪になりかねない。そう主張しつづけるよ」

「また、怒鳴られるわね」

「これ以上逆らったら、クビだと言われた。でも、やめるわけにはいかない。もし冤罪だったら、青田の人生はめちゃくちゃになっちゃうんだよ」

「本当にクビになったらどうするの」

「かまわない」

須田はどこか淋しそうな顔になって言った。「正しいことを言ってクビにされるようなところで、俺、働きたくないから……」

3

山口がわずかに身を乗り出して尋ねた。

「それで、どうなったの？」

すでに、二人ともビールを二回、おかわりしていた。

水野はこたえた。

「須田君は、本当に調べ直すように主張を続けたの。殴られて、唇が切れてたし、まぶたが腫れていた」

山口が目を丸くした。

「殴られた？」

「警察では珍しくないのよ。あのときの強行犯係は、全員苛立っていた。被疑者の青田が口を割らなかったから。被疑者を殴るわけにいかないので、須田君がとばっちりを食らったのね」

「ひどい話ね」

「怒鳴られても、殴られても、須田君は諦めなかった。そして、ついに刑事課長が動いたの。事件を一から洗い直すことになった」

「それで……？」

「まず、被害者に再度、確認した。犯人は青田で間違いないのか、と……。すると、被害者は証言を覆したわけ。犯人は、青田かどうかわからない、と……」

「どういうこと？」

「最初に訊いたときは、刑事たちが犯人は青田だと決めつけて、被害者にこう言っていたの。犯人の身柄を確保しました。彼で間違いありませんね、と……。被害者が、よくわからないと言うと、刑事が声を荒らげたんだそうよ。あんたがいいかげんな証言をすると、これまでの苦労が水の泡になる、と……」

「被害者を恫喝したわけ？」

「自分たちが描いた絵に合わない証言をしたら、被害者だろうが、参考人だろうが、プレッシャーをかける。それで思い通りの証言を得る。そういうことをする刑事や検事はいくらでもいるの」

「犯人じゃなくても、簡単に犯人にされちゃうじゃない」

「司法というのはそういう力を持っているの。それを自覚しなくちゃならないと、須田君は言っていたわ」

「被害者が証言を覆したのなら、青田がやったという証拠は何もなくなるわけね？」

「そう。そして、ついに真犯人が見つかった。聞き込みをやり直して、新たな目撃情報が得られ、それが手がかりとなったの。青田はすぐに釈放された。それまで厳しく青田を追及した刑事たちは、一言も謝らなかったそうよ。須田君は、謝罪すべきだと思ったけど、さすがにそこまでは言えなかったと言っていたわ」

「すごい」

山口が心底驚いたように言った。「実習中の新人が、一人で冤罪を防いだのね」

「強行犯係の刑事たちは、誤認逮捕だったことを、青田に謝らなかっただけでなく、須田君にも謝罪しなかったらしい」

「ひどい話ね」

「実習中の新米が、出過ぎたことをしたのは確かだから……」

「だって、それで冤罪を防げたんでしょう？　警察は面子を保てたことになるじゃない」

「まあ、よくも悪くも警察というのは、そういうところよ」

「それにしても、須田さんって、そういう人だったのね……」

「そう。だから、私はいつも須田君には敵わないと思っていた」

「それがわからないの。水野さんは、警察学校時代からずっと成績がよかったと聞いているわ。志望どおり、刑事課の鑑識係に進み、それから、安積班にやってきた……。どこにいても評判がよかったみたいね。そんな水野さんが、須田さんに敵わない、なんて……」

「たしかに須田君は、体力測定や訓練ではびりばかりだった。術科でもびり。でもね、彼は、決して諦めないの」

「諦めない」

「そう。絶対に諦めない。その不屈の姿を見ていると、最初ばかにしていた人たちも、次第に彼を認めるようになっていく。そして最後には、彼を応援しはじめる」

「須田さんはびりでも、班全体はけっこういい成績を修めたと言ってたわね」

水野はうなずいた。

「須田君が、私たちの実力を引き出してくれたとも言えるわ。彼に敵わないというのは、実感なのよ。誤認逮捕の件もそう。私だったら、たった一人で立ち向かうなんてこと、できない」

「そうね……」

「そんな須田君も、さすがに落ち込んで、悩んだこともあるそうよ。見た目があだし、決して行動がきびきびしているとは言えない。彼の真価を理解するには時間がかかる。そして、理解しようとしてくれる人ばかりじゃない」

「そうでしょうね」

「異動のたびに、いじめにあう。警察官が向いてないと、ずいぶん言われたそうよ。刑事になれたのが奇跡だと言う人もいた。刑事になってからも、ずいぶん辛い目にあったらしい。一番辛かったのは、警察組織に幻滅し、絶望しかけたことだったと言っていた」

「警察組織に幻滅……？」

「そう。実習時代の誤認逮捕みたいなことは、決して珍しいことじゃなかった。いいかげんな刑事もいたし、明らかに無能で怠慢な刑事もいた。そういう連中に限って、須田君を眼の仇にしたらしいわ」

「そりゃあ辛いわね」

「そう。警察を辞めようと思ったこともあったそうよ。実際、ある人物に出会っていなければ、辞めていただろうと言っていたことがある」

山口の表情がぱっと明るくなった。

「そのある人物って、誰だかわかるような気がする」

水野は、再びうなずいて言った。

「そう。安積係長よ。組んだ当初はやっぱり、係長も須田君のことをあまり評価しなかったらしい。でも、須田君のほうは、初対面で思ったそうよ。この人がいれば、警察はだいじょうぶだ。自分は警察官を続けることができるって……」

「わかるわ」

二人のビールジョッキは空になっていた。それに気づいた水野が言った。

「じゃあ、ワインにしましょうか」

「え、まだ飲むの？」

「当然。私と飲むのに、この程度で済むと思う？」

山口が不敵な笑みを浮かべた。

「よろこんで、お付き合いするわ」

翌日のことだ。

ちょっとだけ胃がむかむかして頭痛がした。それに耐えていると、須田がやってきて言った。

「おい、水野。東報の山口記者に何か言ったか？」

「どうして？」

「なんだか今日は、俺に愛想がいいんだ」

水野は眉をひそめてみせた。

「どうして、それだけで、私が何か言ったと思うの？」

「山口記者の態度が急に変わったのは、誰かが俺について何か話したからだという可能性が高い。おまえも山口記者も二日酔いの様子だ。二人は昨夜いっしょに飲んでいたのかもしれない。そして、初任科同期のおまえは、俺についていろいろ知っている。だから、おまえが何かしゃべったんじゃないかと思った。これが俺の推理だ」

水野は笑いだした。そして思った。

やっぱり須田君には敵わない。

係長代理

1

「被疑者、身柄確保です」

村雨秋彦巡査部長がその知らせを受けたのは、午後五時過ぎのことだった。

家宅捜索、いわゆるウチコミが功を奏した。もうじき日没だ。陽が沈んだらウチコミはできない。

ぎりぎりの判断だった。

まったく、この役目は胃によくないな……。

村雨は思った。

それから約三十分後、水野真帆と桜井太一郎が刑事課に戻ってきた。彼らは今、臨時に組んで動いている。

もともと桜井は村雨のパートナーだったのだが、水野も巡査部長だから、組み合わせとしては悪くないと、村雨は思っていた。

「被疑者の名前は、木本だったな？」

村雨が尋ねると、即座に桜井がこたえた。

「はい。木本庸介、二十三歳です」

「職業は？」

「正式には無職ですね。いろいろなバイトで食いつないでいるようです」

「最近は、そういう若者が多いな……」

「ええ。村雨さんは気に入らないでしょうね」

桜井にそう言われて、村雨は思わず顔を上げた。

「俺は別に何とも思ってないぞ」

「いい若い者が、自堕落にその日暮らしをしているんです。そういうの嫌いでしょう」

「だから、何とも思わないと言ってるだろう」

水野も桜井に同調するように言う。

「さすがに桜井君は、係長代理のことをよくわかっていますね」

二人とも、俺のことをとんだ堅物だと思っているようだ、と村雨は思った。

まあ無理もないか……。彼は自分が口うるさいという自覚があった。特に、桜井が新米刑事の頃には厳しく言った。

いずれ桜井も自分のもとを離れていく。そのときに、一人前だと胸を張れる刑事になっていてほしい。そんな思いがあった。

村雨は話題を変えたかったので、水野に言った。

「その呼び方、何とかならんか」

「呼び方……？」

「係長代理だよ」

「ああ……。じゃあ、何と呼べばいいんです？」

「今までどおりでいいじゃないか」

そこに、須田三郎と黒木和也も戻ってきた。出入り口に現れた須田は、いつものように黒木に何事か話しつづけている。黒木は、これもいつものようにじっとそれに耳を傾けている。

須田が言った。

「被疑者は取調室だ。係長代理、取り調べをする？」

村雨は、うんざりとした顔になった。

「須田、おまえもか」

「何が？」

「係長代理はやめてくれないか」

「どうして？」

「どうしてと訊かれると、返事に困るが……。第一、呼びにくいだろう」

「そりゃまあ、そうだけど……。じゃあ、何と呼べばいいんだ？」

「水野にも同じことを言ったんだがな、今までどおりでいい」

須田がかぶりを振った。

「いや、それじゃいけない。けじめをつけなきゃ」

「何のけじめだ」

「第二係の相楽班との兼ね合いだよ。向こうのトップは相楽係長だ。だから、こっちのトップは村雨係長代理ということになるじゃないか」

「どうでもいいじゃないか」

「あれえ、村雨係長代理らしくないなあ」

「らしくない？」

「そういうの、きっちりやりたがるのは、むしろ俺じゃなくて、村雨係長代理じゃない」

村雨は、溜め息をついてから立ち上がった。

「取り調べをする。黒木、付き合ってくれ」

こういう場合、黒木の無口さに救われる思いがする。

村雨は取調室に向かった。


「俺はしばらく係を留守にする」

安積剛志係長が村雨を呼んでそう言ったのは、三日前のことだ。

「留守……？」

「研修に出なくちゃならなくなった」

「何の研修ですか」

「所轄の係長を対象とした研修だということだ。詳しい内容は、まだ俺も知らない」

「係長が対象ということは、第二係の相楽係長も参加するのですか？」

「いや、相楽は呼ばれていない。どういう基準か知らないが、同じ係長でも呼ばれる者と呼ばれない者がいる」

おそらく、次のステップへの含みを持った研修なのだろうと、村雨は思った。だから、係長になって日が浅い相楽は呼ばれないのだ。

警察はやたらと研修が多い。そして、たいてい長期に及ぶ。階級が上がるごとに研修があり、例えば警部になったときには四ヵ月もの研修がある。

「研修の期間は？」

「一ヵ月だ」

係長が一ヵ月も不在。村雨は不安を覚えた。それが表情に出たのだろうか。安積係長が言った。

「俺は何も心配していない。おまえがいるからな」

係長にそう言われるのはうれしかった。だが、手放しで喜んでもいられない。

「私がお留守の間を……？」

「そうだ。おまえに、俺の代理をやってもらいたい」

「私には、そんな……」

村雨が言いかけるのを安積は片手を上げて制した。

「おまえならできる。……というか、おまえ以外に係を任せられる者はいない」

「しかし……」

「俺がいない間、相楽が両方の係を見るという案もあった」

「相楽係長が……」

それは願い下げにしたいな……。

村雨は思った。

何かにつけ、安積に対抗心を剝きだしにする相楽だ。彼の下に付くことを想像するだけで憂鬱になる。

「その案は結局、野村署長が却下した。そして、おまえが係長代理をやることに決まったんだ」

「わかりました」

そう言うしかなかった。自分が係長の留守を守るしかない。村雨は、自分にそう言い聞かせることにした。

取調室に行くと、手錠に腰縄の被疑者が席に着いており、制服を着た署員が見張っていた。その署員と入れ違いで、村雨たちは入室した。

黒木が記録席に座り、村雨が被疑者の正面に座る。

村雨はまず名前、年齢、住所、職業を尋ねる。

桜井が報告したとおりのこたえが返ってきた。木本庸介、二十三歳。職業はアルバイトで、住所は品川区大崎だった。

「青海二丁目の駐車場で、強盗の被害にあったという届けがあった。被害者によると、強盗の犯人はおまえだったということだ」

木本は、腹を立てているように見えた。何も言わない。

村雨はさらに言った。

「おまえがやったんだな？」

木本が口を開いた。

「どうせ、やってないと言っても、信じてくれないんだろう」

「本当のことを言わない限り、信じない」

「俺は強盗なんてやってない。これは本当のことだ。でも、あんたらは俺の言うことなんて信じないんだ」

木本は、荒れた少年だった。暴走族のメンバーだったこともある。彼が属していた暴走族は、少人数だった。

もう、大集団で集会をやったり、暴走行為をやったりという時代ではない。ごついハッチバック二、三台で街を走行する。

ヒップホップなどの音楽を大音響で流していることもある。そして、少人数だが、傷害、恐喝、強姦などの犯罪行為は、かつての大集団の時代よりも悪質になってきていた。

二十を過ぎると、木本はそうしたグループから足を洗ったが、それでも正業には就けず、バイトを転々として暮らしているということだ。

木本が逮捕される根拠となったのは、被害者からの情報だった。被害者の峰島正太が、犯人の乗った車のナンバーを覚えていた。

そのナンバーから、木本が浮上したのだ。逮捕状と家宅捜索令状を持った捜査員たちが自宅を訪ねた。

逃走されないように、慎重にウチコミをかけ、本人を逮捕したのだ。

事件発生の翌日のことだ。まあまあの早さだ。村雨は満足していた。

「では、昨日の午後十一時頃、おまえはどこにいた？」

木本は急に落ち着かない様子になった。村雨はもう一度尋ねた。

「どこにいたんだ？」

「青海二丁目の駐車場にいたよ」

「ウエストプロムナードの脇の駐車場だな？」

木本はふてくされたように言った。

「そうだよ」

「それが事件の現場だ」

「駐車場にいたけど、強盗なんてやってねえよ」

「被害者の証言があるんだ」

「そんな証言はでたらめだ」

「おまえは、大学生のカップルから金を奪ったんだ」

「そんなのは知らねえな」

「じゃあ、どうして被害者が、おまえの車のナンバーを覚えていたんだ?」

「知るかよ」

「おまえは、大学生カップルが自分たちの車に戻って来るのを待ち伏せ、刃物で脅して金を巻き上げたんだ」

「刃物だって?　俺はそんなものは持ち歩かねえ。最近はあんたら警察がうるさいんでな。職質されてすぐにパクられちまう」

「じゃあ、おまえは駐車場で何をしていたんだ?」

「言いたくねえよ」

「そうだろうな。強盗をやっていた、なんて言えないよな」

「やってねえよ。強盗なんて……」

「じゃあ、駐車場で何をやっていたんだ?」

「駐めていた車のところに戻っただけだ」

「どうして、その駐車場に車を駐めていたんだ?」

「ただの買い物だよ」

「夜の十一時に買い物か?」

木本は押し黙った。ここが攻めどころだと村雨は思った。

「お台場で何をしていたんだ?」

返事はない。

「自白しなくても、おそらく起訴に持ち込める。自白しておいたほうが、検察官や裁判官の心証がよくなるぞ」

これは幾分はったりだが、まるっきりの嘘とも言えない。このまま送検しても、おそらく検事はきっちりと証拠を固めて起訴に持ち込むだろう。

木本が言った。

「それって、冤罪だぞ」

「どうかな……。検察は甘くないぞ」

木本は、再び押し黙った。

村雨はもう一度尋ねた。

「お台場で何をしていたんだ？」

どうせ返事はないだろうと、村雨は思っていた。ところがそうではなかった。木本は、ぼそりと言った。

「見に来たんだよ……」

「見に来た？　何を……」

「ガンダム……」

「ガンダム……？　ああ、ダイバーシティの前に立っている、あのでかいロボットか？」

「ロボットじゃなくて、モビルスーツだけどね」

「あの時間にわざわざそんなものを見に来たというのか？」

「もうじき、なくなっちまうって言うし……」

村雨はしばらく木本を観察していた。木本はそれきり口を閉ざした。

「しばらく休憩だ。留置場にいろ」

村雨は立ち上がった。

2

廊下に出ると、村雨は黒木に尋ねた。

「家宅捜索で何か出たのか？」

「いえ、犯行の証拠となるものは見つかりませんでした」

「被害者は現金を奪われたと言ってるんだな？」

「そうです」

「それじゃあ足はつかないな……」

黒木は何も言わない。彼は訊かれたことにはしっかりこたえるが、自ら進んで何か言うことは滅多にない。

村雨は言った。

「取りあえず、刑事課に戻ろう」

「はい」

二人が戻ると、須田が言った。

「あ、今、三人で話し合っていたんだけどさ」

村雨は尋ねた。

「木本がホンボシかどうか、話し合っていたというわけか？」

「いや、そうじゃなくて、村チョウのことをどう呼ぶか、についてだよ。係長代理ってのは、長ったらしくて呼びにくいだろう？　村チョウじゃ今までと同じで、係を代表している感じがしない」

「そんなのはどうでもいいだろう」

「そうはいかないって言ってるだろう。それでさ、第二係が相楽班なんだから、こっちも村雨班というわけだ。それで、やっぱり村雨班長でいいんじゃないかということになった」

「俺が班長……」

村雨がつぶやくと、水野が言った。

「語呂もいいし、それで決まりでいいんじゃないですか」

「しかし、係長のことを班長と呼ぶ者もいた」

須田が言った。

「問題ないと思うよ。今は村雨班なんだから」

まあ、どうせ一ヵ月間のことだ。須田たちの好きにしてもらおう。村雨はそう思い、話題を変えた。

「須田、木本をどう思う？」

須田はきょとんとした顔になった。

「どう思うって、どういうこと？　被疑者は被疑者だろう？」

「話を聞いた印象で、ちょっと気になるんだ」

「どう気になるんだ？」

そう尋ねられて、村雨は返答に困った。

「何というか……。もう少し、調べてみたいんだ」

水野が眉をひそめる。

「課長には被疑者逮捕の報告をしちゃいましたよ。四十八時間以内に送検しなくちゃなりません」

須田が水野に言った。

「それ、釈迦に説法だよ。村雨班長は、そんなこと、百も承知だ」

村雨は言った。

「送検するにしても、納得したいんだ」

須田が黒木に尋ねた。

「おまえも何か気になることがあったか？」

「木本は容疑を否認していました。しかし、アリバイもありません。事件当時、現場にいたことは認めました」

「気になることはなかったってこと?」

「はい、特には……」

須田が村雨に言う。

「現場にいたことは認めたんだね?」

「でも、強盗をやるためじゃないと言っている」

「何のためにいたんだって?」

「車を駐めていただけだと言っている」

「お台場には何しに来たんだって?」

「ガンダムを見に来たと言っていた」

「ガンダム……?」

「もうじきなくなるんだって?」

「そうらしいね」

「木本は、ガンダムはロボットじゃなくて、ナントカスーツだと言っていた」

「モビルスーツだよ」

「ばかばかしい言い訳に聞こえるが、俺は逆に真実味があるような気がする」

須田は考え込んだ。仏像のような半眼になる。本気で何かを考えはじめた顔だ。

「要するに」

須田が言った。「はっきりした証拠を見つければいいってことだろう」

そうなのだろうか。俺は、いったいどうしたいのだろう。村雨はそんなことを思いながら曖昧(あいまい)な返事をした。

「まあ、そういうことだな」

「了解だよ、班長」


翌日、一人刑事課に残り、村雨は書類仕事に追われていた。係員全員の日報に眼(め)を通し、伝票の整理をする。それだけで一日が終わってしまいそうだった。

こんなことをしていないで、木本の件を追いたい。切実にそう思ったが、これも係長代理の重要な役目だ。

やはり係長というのはたいへんなんだ。村雨はあらためてそう思っていた。

煩雑(はんざつ)な書類仕事に加えて、さまざまなことを臨機応変に判断していかなければならない。

「村雨、ちょっと来てくれ」

榊原課長に呼ばれ、村雨は席を立ち、課長室に行った。

「何でしょう?」

「駐車場の強盗の件は、片づいたんだな?」

「被疑者の身柄は確保しました」

「逮捕状を執行したんだろう」

「はい」

「じゃあ、すぐに送検していいな？」

村雨は即答できなかった。

榊原課長は怪訝（けげん）そうに村雨を見て言った。

「どうした？」

「いえ……。もうちょっと、調べてみたいと思いまして」

「逮捕したんだ。あとは検察に任せればいいじゃないか。どうせ、検事捜査でも駆り出されるかもしれないんだ」

課長が言っていることはもっともだ、と村雨も思う。逮捕したのなら、すみやかに送検すればいい。

「送検の期限ぎりぎりまで調べさせていただけませんか」

「留置場だってそんなに空きがあるわけじゃないんだ。おまえたちだって手一杯なんだろう？　片づけられることから、さっさと片づけていくんだ」

「はい」

「おまえは安積みたいに面倒なことは言わないと思っていたがな……」

「善処します」

榊原課長がうなずいたので、村雨は礼をして課長室を出た。席に戻り、考えた。

課長が言うとおり、さっさと送検すべきだ。事件は次々に起きる。一つの事案にこだわっている暇はない。

もともと自分はそういう考え方をしていたはずだと、村雨は思った。だが、今回は、どうしてもすぐに送検する気になれない。

なぜだろう。なぜ、いつものように考えられないのだろう。

そう言えば、須田が俺らしくないと言っていた。たしかに今の自分はいつもと違うと思った。

しばらく考えて気づいた。

やはり、係長代理だからだろう。係の責任者として何かを判断しようと思ったら、やはり、こういうことになってしまうのかもしれない。

課長に言われたとおり、割り切って仕事をすべきだ。そして、村雨はずっとそうしてきた。

今回も、あれこれ考えずに送検すべきなのだろうか。課長が言ったとおり、検察官がちゃんと調べるはずだから、任せてしまえばいいのだ。

だが、なぜか送検を急いだら後悔しそうな気がしていた。

気づくと書類仕事もせずに、時間が過ぎていた。慌てて書類に眼を通しはじめた。

「班長」

そう呼ばれて、村雨は顔を上げた。

速水直樹が近づいてきた。交機隊の小隊長だ。彼は、パトカーでのパトロールに飽き足らず、署内をパトロールして歩く。

「須田から聞いたんですか？」

「ああ、そうだ。村雨班長、いいじゃないか」

村雨は溜め息をついた。

「係の責任者として、さっそく苦労してますよ」

「そうそう。須田が言っていた。何か気になることがあるんだって？」

「まあ、そういうことですね」

「言ってみろ。安積班長は、何でも俺に相談したぞ」

「それは同期だからでしょう」

「別に俺は、同期じゃなくたって相談に乗るさ。何だ？　言ってみろよ」

村雨は迷った末に、話しだした。

「駐車場で強盗事件がありました」

「ああ、聞いてるよ。元マル走が、大学生カップルから金を巻き上げたんだろう」

「昨日、被疑者確保して、話を聞きました。そのときの印象が、どうも引っかかるんです」

「どういうふうに？」

「ホシじゃない気がするんです」

「ほう……」

「しかし、それはあくまで俺の感覚でしかありません。根拠は何もないんです。一方、被害者の証言がありますし、被疑者は犯行当時、現場にいたことを認めているんです。普通に考えたらすみやかに送検すべきなんです。課長にもそう言われました」

「でも、おまえは送検を迷っているんだな？」

「迷う必要はないのかもしれませんが……」

「そういうとき、安積はどうするか知っているか？」

「え……？」

「安積は、納得がいくまで調べる」

「それは安積係長だからこそできることなんじゃないですか」

「あいつだって迷ったり悩んだりするんだ。そんなとき、あいつは部下を頼りにするんだ」

「俺たちをですか？」

「そうだ。それがあいつの強みだ。だから、おまえも心配することはない」

「しかし……」

「須田に話したんだろう」

「ええ、もっと調べたいと伝えました」

「なら、だいじょうぶだ。須田を信用しろ」

「信用はしていますが……」

「全面的に信頼するんだよ。安積はそうしていた」

「はあ……」

「班長の仕事はな、部下を信じることだぞ」

速水はそう言って去っていった。

3

午後六時頃、水野と桜井が戻ってきた。

「木本の犯行を裏付ける証拠ですけど……」

水野が言った。「新たな証拠は見つかりませんね」

「目撃情報は？」

「出ません」

「防犯カメラの映像とかは？」

桜井がこたえた。

「駐車場内のカメラの映像データを入手してきましたが、これから解析するとなると、送検期限までに間に合わないかもしれません。検事捜査で使えると思いますが……」

村雨は言った。

「鑑識の石倉さんに頼んでみよう」

困ったときの石倉頼み。安積係長もよくやっていた。

桜井が言う。

「自分がビデオ映像を持って行っても、石倉さんは、無理を聞いてくれませんよね」

村雨は言った。

「俺が行く。データをくれ」

桜井が机の引き出しの中にあった小型のハードディスクを取り出して、村雨に渡した。

村雨は、それを手に鑑識に向かった。

すでに終業時間は過ぎているが、鑑識係の面々は仕事の真っ最中の様子だった。鑑識受付で、村雨は言った。

「石倉係長に会いたいんだが……」

係員が取り次ぐと、石倉進係長がやってきた。

「どうした、村雨」

「強盗事件のビデオ解析を大至急お願いしたいんですが……」

「こっちも手一杯なんだよ。着手できるのは三日後だな」

「送検が迫っているんです」

「期限は？」

「明日の午後五時五分です」

「無茶な話だ」

「やはり無理ですか」

そう言うと、石倉は村雨を睨んだ。

「おい、村雨。おまえさんにとって、大切なものは何なんだ？」

「大切なもの……？」

「おまえんとこの係長は、いつも俺に無理難題を吹っかける」

「石倉さんは、いつもそれにこたえてくれていますね」

「なぜだかわかるか？」

「石倉さんと係長の間柄だからじゃないですか」

「薄気味悪いこと言うなよ。別に俺と安積が特別の間柄なわけじゃねえよ。俺が無理な仕事を引き受けるのは、それが大切なことだとわかっているからだ。おまえんとこの係長ってのはそういう男だ。警察内部の関係なんかより、よほど大切なものを知っている」

「それは何でしょう」

「正義だよ」

「正義……」

「笑うやつがいるかもしれねえ。だがな、安積はそれを信じている。そして、それを信じている安積を、俺は信じている。だから、訊きてえんだ。村雨、そいつは重要な用なのかい」

「俺はそう思います」

村雨は、木本のことを話した。説明を聞き終わると、石倉は言った。

「ふうん……。つまり、その木本ってやつが強盗をやったという証拠を見つければいいんだな?」

「あるいは、やっていないという証拠を……」

石倉はうなずいた。

「わかった。時間がないんだな。最優先でやる」

「お願いします」

村雨は頭を下げて、鑑識受付を去った。


刑事課に戻ると、須田と黒木の姿があった。須田が何事か話をしており、それを、黒木、水野、桜井が聞いている。

「あ、村雨班長」

須田が声をかけてきた。村雨が席に戻ると、その周囲に四人が集まってきた。安積係長の席の周りに、いつも係員たちが集まる。それと同じだなと、村雨は思った。

須田が話しはじめた。

「今、みんなと話し合っていたんだけど、どうやら班長が考えていることが正しいような状況になってきたようなんだ」

「俺が考えていること……？」

「村雨班長は、木本がシロだと思っているんだろう？」

ここでごまかす必要はないと思った。

「実はそうなんだ。取り調べをやったときの印象からすると、どうしてもホンボシだと思えない」

水野が言った。

「木本は、かつて素行が悪いことで知られており、今は無職。一方、被害者は一流の私立大学に通っているカップル……。もしかしたら私たち、先入観を持っていたかもしれませんね。どんなに調べても、木本の犯行を裏付ける証言も証拠も見つからないんです」

須田が言った。

「木本がガンダムを見に行ったという話だけどね。うなずけるんだよ。家宅捜索のときに、俺、見つけたんだ」

「見つけた？　何を」

「ガンダムの限定フィギュア。木本は本当に好きなんだよ」

村雨はうなずいた。

「犯行を隠すためだったら、もっとましな嘘をつくような気がする」

須田がうなずく。

「ダイバーシティ前のガンダム、もうじき撤去されるってのも本当のことだ。ファンは今のうちに何度でも足を運びたくなるだろうね。俺も、時間が空いたら見に行くからね」

村雨は時計を見た。午後六時四十分だ。

「被害者にもう一度話を聞きたい。何という人物だったかな……」

桜井がすかさずこたえる。

「峰島正太、二十一歳です」

「すぐに会いに行こう。必要なら任意で引っぱる」

水野が言った。

「私と桜井君で行ってきます」

「じゃあ、もう一度木本に話を聞こう」

今度は須田が言った。

「それは、俺と黒木がやる。ここでどっしり構えていてくれ」

「そんな気分になれないんだよ」

「それでも、そうしていなきゃ。班長なんだからな」

四人は刑事課の部屋を出て行った。

村雨は、自分自身で峰島に会いに行きたかったし、木本に話を聞きたかった。報告を待つのがもどかしい。

速水の話を思い出し、俺もまだまだだな、と村雨は思っていた。

自分で動かないと満足できないということは、須田たちを全面的に信頼していないということだ。

信頼するというのは、言うのは簡単だが、実際にはたいへんなことだ。村雨は、それを実感した。

4

須田と黒木が戻ってきたのは、午後七時半頃のことだ。歩きながら、やはり須田は黒木に何か話しつづけている。

村雨のところにやってくると、須田が言った。

「村雨班長の言うとおり、俺も木本はシロだと思う。被害者のことなんて知らないと言っていたが、どうやらそれは本当のことらしい」

「被害者のことを知らない？」

「ただ、心当たりはあると言っている」

「どういうことだ？」

「ダイバーシティの前で、カップルとちょっといざこざがあったらしい。肩がぶつかったとか、つまらないことで揉めたようだね」

「典型的なイチャモンだな……」

「軽薄そうなカップルで、見ていて頭に来たと木本は言っていた。おそらく、それが峰島とその彼女だったんだろう」

「それ、裏を取ってくれ」

「すぐにダイバーシティに行ってくる」

須田がよたよたと出入り口に向かう。それを追い越さないように慎重な足取りで黒木が追った。

さらにそれから一時間後の八時半頃、石倉から電話があった。

「木本を見つけたよ」

「防犯ビデオの映像の中に、ですか？」

「そうだ」

「犯行の現場ですか？」

「いや。彼はただ、歩いてきて車に乗り込んだだけだ。誰とも接触していない」

「確かですか？」

「おい、俺を誰だと思っているんだ」

「助かりました。それにしても早かったですね」

「最優先と言っただろう。それにな、運もよかった」

「運ですか」

「映像解析ってのは、時間が読めない。すぐに目的のものが見つかることもあれば、おそろしく時間がかかることもある。今回は楽勝だったんだよ」

「それはよかったです」

「運も実力のうちって言うだろう。運てのはな、リーダーに必要な資質なんだ。覚えておけよ、村雨班長」

「覚えておきます」

「詳細は文書にして後で届ける。じゃあな」

礼を言う前に電話が切れた。

さらにその三十分後の午後九時頃、水野と桜井が、峰島の身柄を引っぱって来た。

水野が言った。

「被害の状況を繰り返し聞いているうちに、曖昧な供述が目立ってきまして……。任意で来てもらいました」

村雨は、映像解析の結果を水野と桜井に知らせてから言った。

「峰島を追及してくれ。俺も立ち会う」

「はい」

水野がこたえた。三人は、峰島がいる取調室に向かった。

峰島は落ち着かない様子だった。水野が彼の正面に座り、その脇に村雨が立った。記録席に桜井がいる。

峰島が苦笑まじりに言う。

「何ですか、これ……。取り調べみたいですね。僕、被害者ですよ」

水野が言った。

「被害の状況を、もう一度詳しく教えてください」

「何度も話したじゃないですか……」

そう前置きして、峰島が話しはじめた。

駐車場で、車に乗ろうとしていると、突然ナイフを突きつけられて金を出すように言われた。峰島は言われたとおりにした。犯人は金を奪うと、峰島と彼女を突き飛ばし、逃走した。

その男が乗った車を目撃し、ナンバーを覚えていたので、通報した。

男の特徴などを水野が尋ねる。最初は淀みなくこたえていたが、強盗に遭った場所などを詳しく尋ねると、こたえが曖昧になってきた。

さらに、水野の追及が続くと、峰島はふてくされたような態度になり、言葉が途絶えがちになっていった。

村雨の携帯電話が振動した。須田からだった。村雨は廊下に出て電話を受けた。

「どうした？」

「ダイバーシティ一階の飲食店の従業員が目撃していましたね。ヤンキーっぽい男と、若いカップルが口論していたって……」

「わかった」

電話を切ると、村雨は取調室に戻った。

峰島は、追い詰められた表情をしていた。村雨は言った。

「君は、この人物とダイバーシティ前で口論になったね」

携帯電話に取り込んでいた木本の顔写真を見せた。峰島はそれをちらりと見て眼をそらした。村雨はさらに言った。

「防犯カメラにこの人物の映像が残っていた。彼は誰とも接触せずに車に乗り込んだ。つまり、強盗などやっていないことが明らかになったんだ」

峰島は何か言おうとして、それから大きく息を吐き出した。次の瞬間、涙と鼻水を垂れ流した。

彼は、強盗被害が狂言であったことを認めた。

木本と口論になった彼は、彼女にけしかけられて、警察に嘘の被害届を出したのだった。

村雨は峰島に言った。

「自分のやったことを、しばらく反省していくんだな」

誤認逮捕ということで、送検は中止され、木本はすぐに釈放されることになった。

こういう場合、警察官は滅多に謝罪しない。だが、村雨は思った。安積係長ならどうするだろう。

そして、彼は木本に言った。

「被害の訴えがあったとはいえ、誤解によりご迷惑をおかけしたことを、心から謝罪いたします」

そして、頭を下げた。木本は驚いたように村雨を見て言った。

「警察にそんなことを言われたのは初めてだ」

そして木本はそれほど心証を害した様子もなく去っていった。

午後十時半。すべてが片づいた。

村雨は言った。

「みんな、ごくろうだった」

その言葉がごく自然に出た。

須田が言った。

「腹が減ったな。夕飯がまだだった」

村雨が言う。

「じゃあ、何か食いに行こう」

「班長のおごりでね……」

村雨は思った。それも責任者の役割の一つか……。

「わかった。そうしよう」

「本当ですか」

水野が言う。「わあ、うれしい」

彼女がはしゃぐ様子を見て、懐(ふところ)は痛いが悪くない気分だった。

だが、やはり、早く係長に戻って来てほしい。村雨は心底そう思っていた。

家族

1

水野は、署の玄関近くで、東報新聞の山口友紀子記者に声をかけられた。彼女にはよくここで呼び止められる。

「どちらへお出かけだったんですか？」

「ノーコメントよ」

「取材じゃなくて、ただの挨拶(あいさつ)ですよ」

「ノーコメント」

女同士だからといって、馴(な)れ合いは困る。もちろん、お互い男社会の中で生きている女としての共感もある。二人でしたたか飲んだこともある。

だが、けじめはつけたい。

「事件の聞き込みですか？」

「だから、ノーコメントなんだってば」

「午後三時に一人で帰ってくるんですから、事件じゃないか……。じゃあ、プライベート？」

「勤務中よ。プライベートなわけないじゃない」

実は、長いこと抱えている事案のちょっとした聞き込みだったが、それを彼女に教える義理はない。

水野はかまわず、強行犯係に戻ろうとする。署内に入ったところで、山口がさらに声をかけてきた。

「あの……」

何か言いたそうにしている。彼女のこういう態度はどうも気になる。水野は立ち止まった。

「なあに？」

「速水さんのことで、ちょっと訊きたいんですけど……」

「この前は、須田君について質問したわよね」

「はい」

「なんでそういう質問をするわけ？」

「興味があるからです」

「社会部の記者なんだから、事件のことを記事にしていればいいんでしょう？」

「それだけじゃ、私の好奇心を満足させることができないんですよね」

「気をつけないとね。好奇心は猫をも殺すって諺、知ってる？」

「安藤幸織って人、ご存じですか？」

聞いたことのない名前だ。

「知らないわ」

「速水さんが付き合っていた人らしいんですけど……」

「あのね。なんで私が交機隊小隊長の彼女のことなんか知っていると思ったわけ？」

「速水さんは、安積さんと同期で仲がいいでしょう？　水野さんは安積さんと組んで動くこともあるし、いつも近くにいるわけだから……」

「近くにいるといっても、仕事の話ばかりですからね」

「そっか……。知らないか……」

山口は考え込んだ。その様子を見て、水野は気になった。

「その名前、どこで聞いたの？」

「記者にニュースソースを訊くんですか。それは言えませんよ」

「別に報道するわけじゃないんだからニュースソースなんかじゃないでしょう」

「記者としての心得です」

「とにかく、その名前に聞き覚えはないわ」

「安積さんなら、きっとご存じですよね」

水野はあきれた顔をしてみせた。

「どうしてそんなことを知りたいわけ？」

「水野さんは知りたくないですか？」

水野は一瞬言葉を呑んだ。そして、言った。

「知りたいわね」

「でしょう？　安積さんとかに、訊いてもらえます？」

「考えておくわ」

水野は強行犯係に戻った。

席に着き、聞き込みの結果を記録しておこうと、パソコンを立ち上げた。キーを叩いていると、無線が流れた。

東京湾臨海署管内で、男性が倒れているのが発見された。血を流しているという。

安積係長が言った。

「行ってみよう」

水野はパソコンの画面を閉じた。すでに、桜井と黒木は席を離れている。次に、須田がいつものように、椅子をがちゃがちゃ言わせて不器用に立ち上がった。

そして、村雨がおもむろに腰を上げ、最後は安積係長だった。その頃には、水野はすでに廊下に出ていた。

戻って来たと思ったら、すぐに事件だ。休む間もない。まあ、これが所轄の刑事というものだと、水野は思っていた。

現場は、お台場のほぼ中央に位置する青海南ふ頭公園の中だった。木立の間の茂みの中に倒れているのを通行人が発見したのだという。

被害者は病院に運ばれた。頭から出血しているものの、命に別状はなく、すでに意識が戻っているということだった。

　現場には、地域課の係員たちが四人いた。

　安積係長が、その中の巡査部長に尋(たず)ねた。

「発見されたときの状況は？」

「ズボンが見えたと、発見者は言っています。正確にはジーパンなんですが……」

「傷害事件なのか？」

「被害者は金を盗(と)られたと言っていますから、強盗事件ですね」

　強盗となれば、強行犯係の仕事だ。安積係長のそばで話を聞きながら、水野はそう思った。

　安積が村雨に言った。

「桜井といっしょに病院に行って、被害者から話を聞いてくれ」

「了解しました」

　村雨と桜井が去って行った。

　須田が周囲を見ながら言った。

「ここ、昼間でもそんなに人通りがない場所ですね」

「そうだな」

　安積係長がこたえる。

「被害者はここで何をしていたんでしょうね？」

「それは村雨たちが聞き出してくれるだろう。あまり期待できないが、目撃者がいないかどうか、聞き込みをしてみよう」

「わかりました」

須田は黒木とともに、その場を離れた。

水野は安積について公園の外に向かった。公園から出ると、広大な敷地にコンテナが並んでいるのが見えた。

安積係長は、公園に眼(め)をやって言った。

「反対側には、大江戸温泉やフットサル場があるな……」

水野は言った。

「普通の人がこちら側に用があるとは思えませんね。人通りは、北側のほうがずっと多いでしょう」

「そっちへ行ってみよう」

安積係長が歩き出したとき、彼の携帯電話が振動した。安積は着信の名前を確認してから電話に出た。

「ああ、そうだ」

ちょっとぶっきらぼうな口調だ。それから、安積係長は顔をしかめて言った。

「そうか、約束は今日だったな……。事件があってな。行けるかどうか、後でまた連絡する」

そう言って、安積係長は電話を切った。

相手が誰(だれ)か想像がついたが、水野は何も言わなかった。

安積係長は、ちょっと気まずそうな顔で歩き出した。しばらくすると、ぽつりと言った。

「娘の涼子(りょうこ)と食事をする約束だったんだ」

水野のもとには、こうしてさまざまな情報が集まる。これも女性の強みだと、水野は思った。

おそらくいっしょにいるのが、須田や村雨だったら、安積もこんなことを洩(も)らしたりはしないだろう。

水野は「そうですか」とだけ言った。余計なことは言わないに限る。

しばらく目撃者を探して聞き込みを続けたが成果は上がらなかった。やはりこの公園は、あまり人通りが多くない。

道の向こう側なら、それなりに人出があるのだが、わざわざ道を渡ってこちらに来る人は多くはない。

安積係長が須田に電話をかけて、再び現場で落ち合うことにした。やがて二人がやってくるのが見えたが、黒木は須田を追い越さないように苦労しているように見えた。

「どうだ？」

安積係長が須田に尋ねた。

「だめですね。目撃者は見つかりません」

「このあたりは、防犯カメラもないな」

「どこか近くにないか当たってみます。不審者が映っているかもしれません」

「俺と水野は病院に行ってみる。村雨たちが何か聞き出しているかもしれない」

「了解しました」

水野は、安積係長とともに、被害者が搬送された病院に向かった。


病室の前の廊下で、村雨と桜井が立ち話をしているのが見えた。水野と安積が近づいていくと、村雨が気づいて言った。

「あ、係長」

「どうだ? 何かわかったか」

「被害者は、武原章一、三十二歳。定職はなくいろいろなアルバイトをしていると本人は言っています」

「犯人を見ているのか?」

「いえ、後ろから突然殴られて、気を失ったようです。午後二時頃の出来事です。医者に確認したところ、たしかに後頭部を鈍器のようなもので殴られているということです。そこから出血していました」

「頭部を殴られると、浅い傷でもけっこう出血するからな。盗られたのは?」

「金を盗られたと言っています」

「金額は？」

「よくわからないけど、二、三万円だろうと……」

「よくわからない……？」

「ええ、財布にいくら入っていたか、正確には覚えていないそうです」

「覚えていない……」

安積係長がふと考え込んだ。「金に不自由していない人は、そういうこともあるかもしれないが、アルバイトで食いつないでいるような者が、財布の中身を覚えていないというのは、ちょっと違和感があるな」

「係長もそう思いますか。それだけじゃないんです。どうしてあの公園にいたか、理由がはっきりしないんです。本人は運動のために散歩をしていたというのですが、運動をするような服装じゃないですし、どうも今一つ信じられない気がするんです」

「金の他に盗まれたものはないんだな？」

「本人はそう言ってますが、襲撃された場所も不可解です。あの公園は、行きずりの犯行が起きるような場所じゃないと思うんですが……」

「たしかに、路上強盗をやろうと思ったら、もっと気のきいた場所がありそうな気がするな……」

「何か別なものを盗られたんじゃないかと、私は思うんですが……」

「別なもの……？」

「ええ。警察に知られたくないようなものです」

「話を聞いて、ただの被害者じゃないと感じたんだな?」

「はい」

村雨はきわめて優秀な刑事だ。彼の読みが外れることは滅多にない。水野も村雨の判断を信用していた。

「例えば……?」

「予断につながるので、うかつなことは言えないんですが、薬物じゃないかと……」

「麻薬か覚醒剤を所持していたということか?」

「もし、販売目的で所持していたとしたら、襲ったほうもたまたまというわけじゃないと思います」

「つまり、最初から薬物を目的とした犯行だったということか?」

「あくまでも仮定の話です。証拠があるわけじゃないんですが……」

「ならば、証拠を見つけよう。武原に前科はないか、あるいはどこかでマークされていないか調べてみてくれ」

「了解しました」

「一度署に戻ろう」

「はい」

四人が署に戻ったのは、午後四時半頃のことだった。

一階で階段に向かっていると、速水小隊長が近づいてくるのが見えた。彼は、安積係長に言った。

「やあ、強盗だって？」

安積係長はこたえた。

「まあな」

「まあなってのは、変な返事だな」

「単純な強盗じゃないかもしれない」

「どういうことだ？」

「部外者には話せない」

「俺を部外者扱いするなよ」

「係の者以外は部外者だ」

そのとき、村雨が言った。

「じゃあ、私たちはお先に……」

村雨と桜井が強行犯係に向かって歩き去った。気を使ったのかもしれない。自分もその場を離れて、安積係長と速水を二人だけにすべきだろうか。水野がそう思ったとき、安積係長が声を落として言った。

「被害者が訳ありかもしれないと、村雨が言っている」

「訳あり……？」

「薬物か何かを販売目的で所持していて、何者かに襲撃された可能性があると読んでいる」

「あり得る話だな……。だとしたら、犯人は車両を使っていた可能性が高い」

「あくまでも仮定の話だ」

安積係長は、そう言うと歩き出した。水野はその後を追おうとして、ふと立ち止まった。

速水と水野の二人が残る形になった。

水野は言った。

「あの……。これは余計なことかもしれないんですが……」

「何だ？」

「係長は今日、お嬢さんと食事の約束をしているようなんです」

「ほう……。事件が解決しないと、約束を守れないということだな」

「はい」

「わかった」

速水が去って行こうとする。水野は言った。

「あ、それともう一つ」

速水が立ち止まり、振り返る。

「何だ？」

「アンドウ・サオリという名前を聞いたんですが、その方とお付き合いされていたんですか？」

速水がしげしげと水野を見る。やはり、訊いてはいけなかったのか……。そう思い、水野は眼をそらした。

「懐かしい名前だ」

水野は速水の顔に眼を戻した。速水は、いつもと変わらず笑みを浮かべている。「そう。たしかに付き合っていた。だが、昔の話だ。現世ではもう会えないだろう」

「あ……」

水野が何か言う前に、速水は歩き去った。

「思ったとおりでした」

村雨が安積係長にそう言ったのは、午後五時過ぎのことだった。「麻布署の組対係に、武原を知っている者がいました。やはり、武原は売人のようです」

安積係長が言った。

「もう一度病院に行って、武原に薬物を盗まれたのかどうか訊いてみてくれ」

「薬物の所持は現行犯じゃないと逮捕できませんね……」

「武原は当然そのことを知っているはずだ。だから、捜査に協力させるんだ」

「わかりました」

村雨と桜井が出て行った。

入れ替わるように、須田と黒木が戻ってきた。

「公園脇の道路の交差点近くに、防犯カメラを見つけました。データを入手してきました」

「すぐに解析してくれ」

「了解です」

ビデオの解析は時間がかかる。もしかしたら、長丁場になるかもしれないと、水野は思った。

捜査を抜けて、娘さんとの食事に出かけてほしい。水野はそう思ったが、言ったところで、安積係長が一人で捜査を抜け出したりはしないのは明らかだった。

安積係長は責任感の塊のような人だ。

待ち合わせの時間が何時なのかは聞いていない。おそらく午後七時くらいだろう。だとしたら、あと一時間半ほどしかない。

娘さんとの約束をキャンセルしてしまうのだろうか。

捜査に集中しなければならないのはわかっている。だが、聞いてしまったからには気になる。

村雨は病院で武原から何かを聞き出そうと、あの手この手で攻めているはずだ。須田と黒木は、ビデオの解析を始めている。

武原は、事件が起きたのが午後二時頃だと証言しているから、その時間帯を中心に映像をつぶさに見ていくことになるだろう。

午後六時を過ぎた頃、安積が水野に言った。

「他に何かできることはないか……」

「タクシー会社に問い合わせてみてはどうでしょう。不審な客を乗せたとか、路上で何かを見かけたという情報が得られるかもしれません」

「すぐに手配してくれ」

「はい」

水野が受話器に手を伸ばしたとき、戸口で声がした。

「その必要はないよ」

速水だった。

安積係長が尋ねた。

「その必要はないというのは、どういうことだ?」

「犯人が乗っていたのは、おそらくこの車だ」

速水はA４の紙を安積係長に差し出した。須田と黒木が席を立ってその紙を覗(のぞ)き込んだ。水野もそれに倣(なら)った。

紙には車の画像が印刷されていた。ビデオ映像の静止画像のようだ。

安積係長がさらに尋ねる。

「最近は、ドライブレコーダーを付けている車が多くてな。うちの隊員が情報をかき集めたところ、この映像が出て来た」

「これは何だ？」

「どうしてこの車が、犯人の乗った車だと……」

「事件は午後二時頃に起きたんだろう？　その時刻に公園のそばに駐車していた。そして、男が慌てた様子で公園から駆けだしてきて、その車に乗り込んだ」

「ドライブレコーダーの映像だと言ったな？　誰の車なんだ？」

「一般人だよ。ちょうど、二時過ぎにうちの隊員が一時停止違反で切符を切った。それで、もしやと思って連絡して、ドライブレコーダーの映像をもらえないかと頼んでみた」

「どうしておまえが……」

「同じ臨海署の仲間だ。助け合うのが当然だろう」

「おまえは、臨海署の署員じゃない。交機隊は本部所属だろう」

「そういう言い方は傷つくな」

「事実だ」

「仲間は仲間だ。いいから早く手配しろ」

速水は、そう言うと去って行った。

2

速水が持ってきた静止画像はビンゴだった。その車は、須田と黒木が入手した防犯ビデオにも映っていた。

さらに、防犯ビデオには男が駐車している車に乗り込むところも映っている。車両のナンバーとビデオ映像から人物が特定された。

添島芳夫、二十八歳。彼も無職だ。

村雨と桜井を病院から呼び戻し、安積班は全員で添島のアパートに向かった。

「係長、あれ……」

アパートの近くで、そう言ったのは須田だった。彼が指さす先には、映像に捉えられていた車両があった。

添島の部屋は二階の右端だった。黒木と桜井が、アパートの裏手を固め、安積係長が部屋のドアをノックした。

「添島さん。警察です。開けてください」

さらにノック。返事はない。

部屋の中で物音がする。

村雨が言った。

「ベランダから逃げたかもしれませんね」

「裏に回ってみる。水野と須田はここにいてくれ」

安積と村雨がアパートの裏に回った。

それから、しばらくして須田の携帯電話が振動した。

「係長からだ……」

須田が電話に出た。すぐに電話を切ると、彼は言った。

「添島の身柄を確保したそうだ。やっぱりベランダから逃げたんだ。黒木と桜井がすぐに身柄を押さえたようだ」

水野はうなずいた。

安積係長が戻ってきて言った。

「添島が薬物を所持していた。武原から奪ったものだろう」

須田が言った。

「取り調べれば、すぐに吐くでしょう」

水野は時計を見た。七時十分前だ。

言うべきかどうか迷っていたが、思い切って言うことにした。

「係長。後は私たちがやっておきますので、約束の場所に向かってください」

須田が驚いた顔で水野を見て言った。

「約束の場所？　何のことだ？」

「係長は娘さんと食事の約束をしているのよ」

須田が目を丸くした。

「涼子ちゃんと？　本当ですか」

安積係長が水野に言った。

「被疑者を確保したからと言って、それで終わりじゃない。これからがたいへんなんだ」

「それはわかってますが……」

身柄を署に運んでから、正式に逮捕状を執行し、送検の手続きに入る。その後に起訴に向けた本格的な取り調べが始まるのだ。

須田が水野に助け船を出す。

「今日会えないと、今度いつ会えるかわからないんでしょう？」

新参者だった水野も、今では事情を知っている。安積係長は離婚をしている。一人娘の涼子は母親と暮らしているのだ。

「部下に仕事を押しつけて、自分だけ娘たちと食事をするわけにはいかない」

「娘たち」

須田が確認するように言った。「涼子ちゃんは一人じゃない……。つまり、別れた奥さんもいっしょということですね？」

「そんなことはどうでもいい」

「係長、逆の立場だったら、どうでもいいなんて言いますか？」

「そうですよ。もし俺に娘がいて、食事の約束をしていたとしたら……」

「逆の立場……？」

「おまえには、別れた女房もいないし、娘もいない」

「そりゃ、そうですが……」

水野は、やきもきしてきた。

「食事が済んだら、戻ってきてください」

「え……？」

安積係長が不意をつかれたような顔をした。

「作業は深夜までかかると思います。夕食のためにちょっと抜けるだけのことです」

須田が追い討ちをかける。

「そうです。食事で仕事を抜けることなんて、いくらでもあるでしょう」

安積はしばらく考えていた。それから時計を見ると言った。

「済まないが、その言葉に甘えさせてもらう」

須田が言った。

「早くそう言ってくれればいいのに……」

安積係長は、その場から足早に去って行った。

添島の取り調べは、村雨と桜井が担当した。

午後九時過ぎに、二人が取調室から強行犯係に戻ってきた。そのとき、須田、黒木、水野の三人は、疎明資料作りに追われていた。

村雨が言った。

「添島が罪を認めた。六本木のクラブなどで遊んでいて、武原と知り合った。薬物を買ったこともあるそうだ。いつか、武原から薬と金を奪ってやろうと計画していたようだ」

それを聞いた須田が言った。

「なるほどねえ……。しかし、武原を逮捕はできないんだよね」

村雨がこたえる。

「あくまでも被害者だからな。だが、売人が商品と売り上げの金を盗まれたんだ。大打撃だろう。薬物の供給元から命を狙(ねら)われることになるかもしれない。逮捕されたほうがましだと思っていることだろう」

「本当に消されるかもしれないよ」

「組対が眼を光らせている。そういう動きがあれば組対が対処するよ。さて、弁解録取書と身上調査書は、私と桜井が作る。あとの疎明資料は任せる」

「了解だ」

五人の係員は、書類作成に没頭した。

安積係長が戻ってきたのは、九時半頃だった。

「どうなった？」

安積にそう尋ねられて、添島が罪を認め、送検の準備にかかっていることを、村雨が告げた。

「逮捕状は?」

「課長名で請求し、さきほど須田が取ってきてすでに執行しています」

安積係長は席に着き、係員たちの作業を眺めていた。水野はその姿を見て確信した。

充実した食事だったようだ。おそらく須田も同じことを感じていると、水野は思った。

安積は、家族のために仕事をおろそかにする男ではない。家族にとっては残念なことかもしれないが、仕事に対する責任感が誰よりも強いのだ。

水野はそれを知っている。そして、もしかしたら、それが離婚の原因なのかもしれないと、密(ひそ)かに思っていた。

だからこそ、今日は娘や別れた奥さんとの食事に行かせてやりたかったのだ。安積がどう思っているかはわからない。だが、少なくとも行って後悔している様子ではなかった。

午後十一時になろうとする頃、すべての書類がそろった。明日一番で送検することになるだろう。

送検後も起訴に向けての捜査は続く。だが、ともあれ一段落だ。

安積係長が言った。

「みんなごくろうだった。帰って休んでくれ」

この一言で、疲れも忘れる。水野はそう思っていた。

3

武原の件を警視庁本部組対部と麻布署の組対係に引き継ぎ、さらに数日後、添島の起訴が決まった。

夕刻になると、須田が安積係長に言った。

「久しぶりに、一杯どうです？」

安積係長がこたえる。

「そうだな。じゃあ、どこか予約を取ってくれ」

すると、村雨が言った。

「須田はそういうの苦手ですよ。私がやります」

「任せる」

村雨が電話をかけようとしていると、そこに速水がやってきた。

「こないだの強盗、起訴が決まったそうだな」

安積が言った。

「おまえの協力のおかげだと言わせたいのだろう」

「言わせたい」

「助かったよ」

「もっとましな感謝の言葉がほしいものだな。スピード逮捕のおかげで、涼子ちゃんたちと食事ができたんだろう？」

「おまえは、どこでそういうことを聞きつけてくるんだ？」

「あ……」

水野は言った。「すいません。私が……」

安積係長が水野を見た。

「そうか」

「あの……。添島の身柄確保直後のこともそうですが、出過ぎたことをしたと思っています」

速水が尋ねた。

「なんだ、その添島の身柄確保直後のことって？」

水野がこたえる。

「現場からお嬢さんたちとの食事に向かうように勧めたんです」

須田が言う。

「ええ、俺もいっしょにいたので、同じことを言ったんです」

速水が二人に言った。

「それでいいんじゃないのか」

水野は何も言わずに、速水の次の言葉を待った。

「例えばだな。お節介だと思っても、家族にはつい余計なことを言ってしまうものだろう」

須田がこたえた。

「そうですね。そういうもんです」

水野は何を言っていいのかわからないので、さらに無言でいた。

安積が速水に言った。

「おい、ここは家じゃないし俺たちは家族じゃない。あくまでも仕事仲間だ」

「俺には家族のように見える。それが、他の係とは違うところだ」

安積班は、警察組織の中ではかなり特殊な経緯をたどっている。まず、ベイエリア分署と呼ばれた第一期の東京湾臨海署で安積係長率いる強行犯係が誕生した。

その後、第一期東京湾臨海署は閉鎖され、新たに神南署が作られた。安積班は、一名が異動したが、ほぼそのまま神南署に移った。

やがて、時が過ぎ、お台場が発展し、東京湾臨海署が再興されることになった。水上署を統合して、第一期のときとは比べものにならないほど巨大な警察署が誕生した。

強行犯係も二つに増えた。第一強行犯係が安積班、第二強行犯係が相楽班だ。

安積班のメンバーは長年苦楽を共にした仲間だ。水野は、速水の言うことが理解できた。

その中に入っていくのは容易ではないと感じたことがあるのだ。

安積班はまさに家族だ。だから、新参者がその一員として認められるのはたいへんだと感じたのだ。

安積係長は何も言わない。

そのとき、村雨が言った。

「予約が取れました」

すかさず速水が尋ねる。

「予約？　何の予約だ？」

村雨がこたえる。

「これから一杯やりに出かけるんです」

速水が笑いを浮かべる。

「そういうときに限って、事件が起きるんだよな」

「縁起でもないことを言うな。今回の功労者として誘ってやろうかと思ったが、考え直そう」

安積係長が言った。

「参加してやってもいいぞ。今日は日勤だからな」

「素直にいっしょに来たいと言えばいいんだ」

「いっしょに行ってやってもいい」

村雨が言った。

「一人追加ですね。連絡しておきます」

午後五時半頃、庁舎を出た。そこでまた、山口友紀子に出くわした。

「あら、出動ですか？」

安積係長が言った。

「速水といっしょに出動はしない」

「あ、そう言えばそうですね。みんなでお出かけですか？」

「強盗事件が解決したんでな」

速水が山口に言った。

「俺は功労者なんだ」

「じゃあ、夜回りかけちゃおうかな」

「それはなしだ」

安積係長が言う。「ただし、仕事の話をしなければ、いっしょに来てもいい」

水野は言った。

「記者ですよ。対応が甘くないですか？」

速水が言う。

「いいじゃないか。山口とも長い付き合いだ」

結局、彼女も同行することになった。店までは徒歩だ。水野は、山口に袖(そで)を引っぱられ、最後尾になった。集団から少し遅れると水野は山口に尋ねた。

「どうしたの？」

山口は小声で言った。

「例の件、訊いてくれた？」

「例の件？」

「安藤幸織」

「ああ……。昔付き合っていたというのは本当のようね。でも、どうやら亡くなったみたいよ」

「亡くなった……」

「その名前、どこで聞いたの？」

「交通部のベテラン女性警官。ひょんなことで親しくなって……」

やがて店に着いた。座敷に上がり、それぞれに飲み物を注文する。

安積係長の音頭で乾杯をすると、食べ物を注文した。警察官は、けっこう大食いだ。そして、ピッチが早い。何事も短時間で済ませる習慣が身につくのだ。

適度にアルコールが回った頃、山口が速水に尋ねた。

「お付き合いしていた人が亡くなったことがあるんですよね」

「あ……？　何の話だ？」

「安藤幸織さん……」

「ああ、水野にその名前を教えたのは、おまえさんだったのか。どこから聞いたのか知らんが、俺はもう忘れていた」

それを聞いていたらしい安積が言った。

「なんだ？　安藤幸織さんは亡くなってなんかいないぞ」

「えっ」

山口と水野が同時に声を上げた。

「たしか、ニューヨークに行ってそれっきりだったよな。向こうで仕事を見つけて生活しているとか……」

水野は驚いて言った。

「だって、速水さんが、現世ではもう会うことはないだろうって……」

速水が言う。

「去って行ったからには、二度と会う気はない。だから、死んだも同然だ」

安積が言う。

「こいつは、こんなこと言ってるがな、彼女が戻ってきて、連絡を寄こしたら、きっと会いに行くに違いない」

「そんなことはない」

「どうかな」

「おまえこそ、早く奥さんとよりを戻せ」

山口が興味津々の様子で二人のやり取りを見守っている。

水野はようやく理解した。

山口がなぜ、安積班個々人に興味を持っているのか。

それは、速水が「家族のように見える」と言ったことと無関係ではないだろう。彼女は、安積班を特別だと感じているに違いない。

同じ強行犯係でも、相楽班とは違う。互いに深く理解し合っている。普段口には出さなくても、独特の絆があるのだ。

その関係性を、速水は「家族のよう」と感じており、山口は特別な集団と感じているのだ。

安積自身は、決して「俺たちは家族だ」とは言わないだろう。先ほども、「あくまでも仕事仲間だ」と言っていた。

それが逆に信頼関係を生んでいるように、水野には思えた。べたべたと馴れ合うのではなく、ある規範をもって互いを信頼し合う関係だ。

私はいつまで安積班にいられるだろう。

警察官なのだから、いつかは異動することになる。他のみんなも異動する可能性はおおいにある。

村雨は警部補に昇進して、どこかの署の係長になるかもしれない。須田もいつまでも安積係長といっしょというわけにはいかないだろう。

誰もがいずれ巣立って行く。

それでも、安積班にいたことは決して忘れないし、それはある意味を持ちつづけるだろう。離ればなれになっても家族が家族であるように。

水野はそう思った。

解説

関口苑生

数ある今野敏のシリーズ作品の中で、本書『道標』をはじめとする《東京湾臨海署安積班》シリーズは、最も古い時期から続く作者の代表的作品である。何しろ、本人自身がエッセイやインタビューなどで「これは俺のライフワークだ」と公言しているのだ。

改めて詳しくは書かないが、安積班シリーズは《ベイエリア分署》《神南署》《東京湾臨海署》の三期に亘って、三十年以上書き継がれてきたシリーズである。これ以上長く、現在も継続中のミステリ作品で思い浮かぶのは、西村京太郎の「十津川警部」、赤川次郎の「三毛猫ホームズ」、逢坂剛の「百舌」、島田荘司の「御手洗潔」「吉敷竹史」……などほんの数シリーズぐらいだ。あ、東野圭吾の「加賀恭一郎」もそうか。それから内田康夫の「浅見光彦」も長く続いたが、残念ながら亡くなられてしまったので、もうあとは続かない。がまあ、ともあれ、これらの作品には及ばないにせよ、本シリーズもおそらくベストテン級の長さを誇るのではなかろうか。

といっても、ここまで来るのには随分と紆余曲折があったのも、長年付き合ってこられた読者ならご承知だろう。その間、長編では安積を中心とする、組織としての安積班全体の活動と活躍を描き、短編では個々のメンバーそれぞれの視点に立って、彼らの内面を浮き彫りにするという技を見せて、われわれを愉しませてくれたのだった。

まったく、このシリーズほど脇役たちが活き活きと立ち上がり、成長し、どんどんと膨らんでいくさまを感じさせてくれる物語はほかにはまずなかった。

ではあるのだが、登場人物の年齢設定はほぼ変わっていない――正確に言うと、速水直樹小隊長は『虚構の殺人者』では四十二歳で安積の三つ下となっていたが、Ｒｅスタートした『警視庁神南署』では安積と同じ四十五歳に修正されている。またメンバー各人も『晩夏』からは一歳ずつ年齢を重ねるなどの微細な変化は見られるものの、さほど大きな違いはなかった。安積剛志警部補は中年の中間管理職のままだし、桜井太一郎巡査はいつまでも永遠の若手であった。

　ところが、本書にはこれまでにない新たな趣向が盛り込まれているのだった。それは、安積が警部補になるずっと以前の模様、言うならば安積班の前史が描かれているということだ。

　まず冒頭の「初任教養」では、何と安積の警視庁警察学校での初任科時代が描かれるのだ。しかも同じ班に速水がおり、互いにライバル心をむき出しにして切磋琢磨する熱い様子が展開される（ま、速水のほうはいささかひねくれた出方になるのだが）。この時代の安積は単純明快な熱血漢で、自分が正しいと思うほうへ、どこまでも真っ直ぐに突き進む若者として描かれている。彼の正義感のありようというか、刑事になることへの志と原点がここに窺えると言ってもよい。

あと面白かったのは『神南署安積班』所収の「ツキ」という一編で、署対抗の柔道大会に須田が出場することになり、なおかつチームの大将になる話がある。このときの順番を決める監督が速水なのだ。作品が書かれた順としては後先逆になるが、おおそうか、こんなところに繋がってくるのか、と思わず嬉しくなってしまったのはわたしばかりではあるまい。こんな繋がりを発見するのも、長く続くシリーズならではの愉しみかもしれない。

が、それにしても気になるのは、この話を語っている「私」とは一体誰なのかということだろう。これまでの作品で安積の同期として記憶にあるのは、速水のほかには『硝子の殺人者』に登場した、本庁防犯部保安二課の鳥飼元次警部補ぐらいなものだ。だが彼は同期とあるだけで、教場も同じなのか、班はどうだったのかはまったく書かれていない。

ひそかに思っているのは、いずれとんでもない場面でこの謎の人物が安積の前に現れるのではということなのだが……。

続く「捕り物」は、安積が卒配で中央署地域係に配属となり、交番勤務をしている時期のエピソードが描かれる。刑事を志望する安積は、その第一歩となる捜査専科講習を受けるための試験を目指していた。その試験を受けるには署長推薦が必要で、何としても実績を積まなければならなかった。だが上司である主任は、刑事を志す以前にまず一人前の警察官になることに専念しろと諭すのだった。やがてその言葉の意味がわかる出来事が訪れる。それは以後、安積の基本的な心構えにもなっていき、この教えを胸に彼は警察官として恥じることなく生きてきたのだった。そういう意味では、安積の精神的成長を知る上で貴重な一編だろう。

三編目の「熾火」は、刑事となって初めて配属された目黒署での事件が描かれる。ここで組むことになった先輩刑事・三国俊治巡査部長は、『最前線』所収の「夕映え」で強烈な印象を残した人物だ。安積に刑事のイロハを徹底的に教え込んだ恩人でもある。「夕映え」では主任のまま定年を迎える三国よりも出世した自分に、どこか気まずさを覚える安積だったが、本作ではベテラン上司に腕試しされながらも、自分の気持ちを貫き通す姿が実に好ましく映って清々しい。

責任感が強く、被害者だけではなく加害者の心理も知ろうとする、事件に関するすべての事柄――事実と真実への追及姿勢は、すでにこのときから発揮されていたのである。そんな安積を見て三国は「おまえは、出世できないだろうな」と苦笑し、そのあとで「だが、間違いなくいい刑事になる」と言うのだった。これだけでも十分に鼻の奥がツンとくるのだが、その言葉に対しての安積の返答がまた泣けるのだ。

本書は全体の構成として、安積と安積班の両方が成長していく過程、成り立ちの歴史を振り返る形となっている。安積剛志というひとりの男が、どのような気持ちと志を抱いて警察官になろうと思ったのか、その彼がやがてチームを率いることになり、部下たちとどんな風に接し、育て、まとめていったのかが描かれているのだ。またチームのメンバーたちの安積への信頼の深さも見逃せない。なぜにそうなっていったのか。そうした一端がわかるのが「最優先」と「視野」の二編だ。

　この二編は創設されたばかりの《ベイエリア分署》時代が舞台となる。まず「最優先」は鑑識係長・石倉進の視点で物語が進んでいく。これまでの作品でも石倉は、忙しい業務の中で安積の無理難題とも言える依頼だけは優先的に引き受けていた。時には重要な結果を報告書にはあえて書かず、安積にだけ耳打ちして捜査本部の本庁や他署連中の鼻を明かそうと画策したこともあった（『硝子の殺人者』）。

　そんな石倉に対して、安積に異常なライバル心を燃やす相楽から安積を贔屓しているのではないかと糾弾する声があがり、鑑識業務のストライキじみた行動を起こしたこともある（『捜査組曲』所収の「シンフォニー」）。まあ、実際にはその通り、贔屓は贔屓なのだが、石倉がどうしてそんな気持ちになるに至ったのかが本編で明らかになる。

　続く「視野」は、同じ出来事が今度は刑事側――それも何と懐かしい、大橋武夫巡査の視点で描かれている。大橋は初期三部作『二重標的』『虚構の殺人者』『硝子の殺人者』では安積班のメンバーだった。その後は上野署を経て、日本一忙しい（つまりは事件の数が多い）と言われる竹の塚署に異動。その雄姿は『最前線』所収の表題作で見ることができる。しかしベイエリア分署時代の大橋は、感情を表に出すことが罪悪のように感じているのではないかと思わせる無口な男だった。自分から意見を言うことも決してない、おとなしい刑事だった。そういう印象を皆に与えていた大橋が、組んでいる上司の村雨や新任の安積係長に対して、どのような感情を抱いていたかの一端をここで知ることができたのは嬉しかった。

またこの二編「最優先」と「視野」のエピソードは、新設された警察署特有の、どこかぎこちなかった雰囲気を一変させるきっかけとなったことでも注目される。この出来事によって、臨海署の署員全体にベイエリア分署の自覚――安積班だけではなく、部署を超えた仲間としての連帯感、共感が生まれていったのだ。その中心に安積の存在があったのは言うまでもない。

それでも個々のメンバーの間では、まだ心底から理解し合えていない部分があるのは否めなかった。「消失」は、村雨秋彦巡査部長の目から見た安積班の面々についての思いが描かれている。中でも須田に対しては、はっきりと須田のようなのろまが自分と同じ係にいて、しかも同じ巡査部長ということに苦々しい思いを抱いていた。だが、あることで須田の才能を認め、何事も役割分担だと思うようになる。自分にできて須田にできないこともある。その逆もある。それだけのことだ。それが重要なのだと悟るのだ。

そしてさらに時代は進んで「みぎわ」以降は安積班の紅一点、水野真帆巡査部長も登場し、ほぼ現在の時代設定に追いついて、新たな物語が始まる。とはいうものの、事件は過去も現在も同じようなパターンで起きることが多い。過去に同様の事件があることで、現在の刑事が適正な判断を下す場合もある。それが経験というもので、そして先輩の貴重な教えがそのときに発揮されるのだ。先輩から後輩への教えは、みぎわに波が寄せては返すように繰り返されるのである。本作でも鋭い洞察力を示す須田と、部下の桜井に早まった行動を抑えるよう指示する村雨の決断力を見て、安積は目黒署時代に三国から教わったことを思い出す。派手さはなく、どちらかというと地味な一編だが、こういう話が安積班の持ち味なのだと思う。

安積班には署外でもシンパが多く、そのうちのひとりが東報新聞の山口友紀子記者だ。彼女の初登場は『警視庁神南署』で、サツ回りの記者として安積の自宅マンションの部屋の前で彼の帰りを待ち受け、部屋に入れて話を聞かせてくれないかと、身体を張った大胆な取材もする女性だった。しかも美人でスタイル抜群なんだからたまらない。『神南署安積班』所収の「噂」「夜回り」や『烈日』所収の「開花予想」「逃げ水」などにも登場しており、結構ファンは多いのではなかろうか。

そんな彼女が「不屈」では、須田の話を聞かせてくれないかと水野に訊いてくる。水野と須田は同期で初任科研修の同じ班でもあった。現在でも刑事らしくない体型で、よたよたと危なっかしい動きをする須田だが、なぜか安積は村雨よりも須田のほうを頼りにしている感じがするというのだ。それはどうしてなのか、そんなこんなで須田の若い頃の話を聞いてみたいと思ったのだと。

それから水野が語る初任科時代のエピソードと、現場実習でまたも一緒になった警察署での話が、まあ面白いのだ。面白いだけではなく、泣けるし、笑うし、感動する。やっぱり須田という人物は、安積班の物語の中では隠れたヒーローだったのだ。

その須田よりもはるかに刑事らしく、誰もが安積班のナンバーツーだと認めているのが村雨秋彦巡査部長だ。だが、山口友紀子が言うように、村雨に対する安積の評価は微妙に揺れ動いている。それは組んでいる部下に対する指導方法や態度から受ける印象も影響していた。かつての大橋にしても、現在の桜井にしても、村雨は厳しく指導するあまり、まるで犬のように何でも言うことを聞く存在にしているのではないかとの疑念だ。しかし村雨の思いはもちろん違う。自分が組んだ部下が、いつかどこかの署へと異動になったときに、誰からも批判を受けないような一人前の刑事に育てたいと、ただその一心で接しているのだった。「係長代理」はその村雨が、研修でしばらく署を離れることになった安積の代わりに係長の役割を務める一編。ここで村雨は、部下――というより仲間を信じる、信頼する心の広さ、度量、覚悟といったものの大切さを思い知らされる。そして気づくのだ。安積係長は自然体でこんなにも、きつい、しんどい、つらいことを毎日こなしているのだと。

ラストの一編「家族」は、題名通り安積班におけるメンバーたちの関係性、結びつきを描いた好編だ。山口記者が安積班の個々人に興味を抱き、水野に話を聞かせてくれないかと言ってくるのは安積班を特別だと感じているからだった。水野にしても、安積班の一員として認められるまでには苦労した思い出がある（『烈日』所収の「新顔」および「海南風」）。

速水はそれを家族のような関係になっているからだと言う。安積自身は「ここは家じゃないし俺たちは家族じゃない。あくまでも仕事仲間だ」と反論するのだが、説得力はどうもあまりない。というのも、安積班が警察組織の中ではかなり特殊な経緯をたどっているからだ。ベイエリア分署から神南署、そして新しくなった臨海署と異動していきながら、メンバーはほぼ一緒で、長年苦楽を共にした仲間なのである。互いに深く理解し合って、口には出さなくても独特の絆が生まれて当然だったのだ。そうした状況から生じた関係性を速水は「家族のよう」と評したのである。といってもべたべたと馴れ合うのではなく、ある規範をもって互いを信頼し合う関係だ。これが安積班の絆なのだった。

と以上十編の物語を通して、本書は安積と安積班の歴史を振り返ってきたのだったが、これは単にアーカイブ的な面白さを狙っているわけではない。安積が信じる正義、真実、そして事実への追及の思いがどんな風に育まれていったのかが描かれているのである。そんな安積に対して、部下の思いはいかばかりであったか。たとえば、わたしは『陽炎』所収の「科学捜査」にゲスト出演した《ＳＴ》シリーズの青山翔の言葉が忘れられない。あるいはまた、『残照』での速水の言葉もそうだ。速水が安積に、刑事にとって一番大切なのは何かと訊くのだ。すると安積は、質問したのがおまえでなければ、法を守り事実の確認をすることだと答える。だが、質問したのは速水なのである。そこで安積が何と答えたか。

その答が、本書にはたっぷりと詰まっている。ああ、本当にこのシリーズは素敵だ。

（せきぐち・えんせい／文芸評論家）

ハルキ文庫

こ3-44

道標(どうひょう) 東京湾臨海署安積班(とうきょうわんりんかいしょあずみはん)

著者 今野 敏(こんのびん)

2020年3月18日第一刷発行

発行者 角川春樹

発行所 株式会社角川春樹事務所
〒102-0074 東京都千代田区九段南2-1-30 イタリア文化会館

電話 03(3263)5247(編集)
03(3263)5881(営業)

印刷・製本 中央精版印刷株式会社

フォーマット・デザイン 芦澤泰偉
表紙イラストレーション 門坂 流

ISBN978-4-7584-4327-2 C0193 ©2020 Bin Konno Printed in Japan
http://www.kadokawaharuki.co.jp/[営業]
fanmail@kadokawaharuki.co.jp[編集]　ご意見・ご感想をお寄せください。